「かるく極めたな。
そう言うとレイは
て、びくん、とまた身体がくねる。
（駄目。また達っちゃう——）

Cocktail Kiss Label

青の王と深愛のオメガ妃

葵居ゆゆ
Yuyu Aoi

この物語はフィクションであり、実在の人物・
団体・事件等とは、いっさい関係ありません。

Contents

イラスト・笹原亜美

青の王と深愛のオメガ妃

「これが葡萄《ぶどう》の花ですよ」

農夫が手を添えて見せてくれた房に、セレンは目を丸くした。

細い茎が放射状にのび、球形をかたちづくった先端に、白く小さな突起がいくつもついている。花、と言われて想像したのとは、まったく違った見た目だった。

「白いところだけがお花なんですか？」

セレンがそう聞くと、農夫はにこにこして頷《うなず》いた。

「ええ。花穂《かすい》といって花びらがないから、知らないとわからんでしょう？　でも香りはいいです。嗅《か》いでみてください」

言われるまま顔を近づけると、かすかに蜜のようなにおいがする。奥ゆかしくも甘い香りは心地よく、セレンはため息をこぼした。

「こんなに小さくても、本当にお花なんですね」

「今年は花のつきがいい。実もいいのが採《と》れそうですよ。畑の端まで、どの木も順調です」

農夫は嬉しそうだった。彼が振り返った広大な葡萄畑を、セレンも眺めた。

緑の葉を茂らせた低い木は、遠くまで規則正しく並んでいる。木々の向こうは砂漠が広がり、上空には眩《まぶ》しいほどの青空が、どこまでも続いていた。季節はもうすぐ鳥の月を迎える。ちょうど、群れをなした鳥影が横ぎっていくところだった。木々のおかげか、砂漠から吹いてくる南風も爽やかに感じられる。

ここはリザニアール国の王都の外れにある、国有の葡萄畑だ。先先代の王の時代に開墾されて以来、農夫たちが守り育ててきて、近年ようやく安定した収穫ができるようになった。

葡萄はそのままでも食べられるし、加工して酒や調味料にもなる。味がいいと、外国への荷としても人気があるのだそうだ。

「自慢の畑ですよ」

農夫は尊敬のこもった眼差しを、セレンの横に立つ男――レイへと向ける。

「レイ様が即位されてから毎年、天候に恵まれていて、葡萄もほかの作物も出来がいい。ありがたいことです」

「天気は俺がどうにかできることじゃない」

拝みそうな勢いの農夫に、レイは苦笑した。

「収穫が増えたのは、おまえたちがよく世話をしてくれるからだろう。感謝するのはこっちのほうだ」

鷹揚《おうよう》だが穏やかな声音で語りかけ、恐縮する農夫の肩を叩くレイの姿を、セレンは誇らしい思いで見つめた。風になびく長い金の髪、堂々とした長身と端正な顔立ち、燃えたつように強い光をたたえた青い瞳は以前と変わらないが、身に纏《まと》った雰囲気はぐっと落ち着きと威厳を増している。

レイがリザニアール国の王に即位して丸三年が経《た》った。金髪に青の目という、この国生まれらしからぬ容姿のために、以前は王としての素質を疑われたこともある彼は、今や「青の王」と呼ばれ、国民に支持される存在だ。王子時代も街では人気者だったけれど、慕われるだけでなく敬愛されるようになったのが、セレンにとっても嬉しい。

農夫は手拭いを握りしめ、セレンにもあたたかい笑顔を向けた。

「気候がいいのだって、きっとレイ様とセレン様のおかげです。王に運命のつがいがいらっしゃるから、神様もお喜びなんでしょう。エリアナ姫も、元気にお育ちだとか」

「――はい。おかげさまで」

微笑《ほほえ》んで頷いたけれど、ほんの少し、返事には間があいてしまった。

エリアナはセレンとレイのあいだに生まれた子だ。農夫の声にも表情にも、他意がないのはわかる。でも、「姫」と言われると、セレンはどうしても身がまえずにはいられなかった。姫には、リザニアール王の資格――アルファ性がないからだ。

世界には、男女の性別のほかにもうひとつ、オメガとアルファという性が存在する。アルファは男性にしか現れず、アルファとして生まれると、オメガとのあいだにしか子をなすことができない。

一方オメガは、男性にも女性にも一定数現れる。女性はもちろん、男性であってもアルファと交わって子供を産むことができるのがオメガだ。ただし、初めての発情を迎え、身籠《みごも》れる身体になってから十六年で、オメガ性は消失してしまう。以降は第二性別を持たない普通の人間になるが、アルファ以外となら子供を持つことができるし、オメガ性であるあいだも、アルファ以外の男性とつがって子を作ることもできる。

この不思議な二つの性別について、リザニアールにはこんな神話が言い伝えられている。

はるか昔、この地にやってきたリザニアールの王族は、神に出会いお告げを受けた。

「この土地に住まい治めるならば、我が子と愛を結ばねばならない。結ばれた愛によってのみ、平和と豊穣《ほうじょう》が守られるだろう」

そうお告げになった神は、オメガという第二の性別を持つ神の子をつかわし、王になる資格を持つ者にはアルファという性をお与えになった。

この言い伝えに基づき、リザニアールではオメガ性を持つ者は「神子」として大切に扱われている。王族の男性は次の王となる子供を得るために神子を妻にめとるのだが、神子から生まれる子供がすべてアルファ——男性とは限らない。

レイに選ばれたセレンは、異例なほど早くに授かったものの、生まれたのは娘だった。第一子が姫だったことは、王宮内の多くの人を落胆させた。

きっと、普通に結ばれた王と神子だったなら、初めての子供が娘でも、ここまでがっかりされなかっただろう。セレンとレイはいい意味でも悪い意味でも、特別なのだ。

弟の母である神子・ミリア妃に疎まれ、外見のせいもあって敵が多かったレイは、第一王位継承権を持ちながらも王になる気はなく、わざと自堕落に振る舞ってきた。

セレンのほうは、神子だった母のアリアが盗賊と許されない恋に落ちた結果、罪の子として生まれてきた。幼いころから砂漠の中の神殿で下働きをしていて、王宮に来たのはレイの気まぐれのせいだ。神子だとわかったのはそのあとのことだった。オメガ性は遅くとも十四歳までには現れるはずなのに、成人するまで一度も発情したことがなかったのだ。

レイはセレンと出会い、愛したことで王になる決意をしたものの、即位に際してはいくつかの事件があった。国民は新王とそのつがいの神子との恋物語をもてはやすけれど、政《まつりごと》を担う議会では、「本当にレイが王でよかったのか」と疑う目も残っている。

だからこそ、妊娠がわかったとき、セレンは男の子だったらいい、と祈ったものだ。

アルファを産めれば、神にも認められたつがいなのだ、と思ってもらえる。レイを支持する人にも支持しない人にも納得してもらうには、王子を産むのが一番だった。

けれど生まれてきたのは娘で、レイは心から喜んでくれたけれど、セレンは我が子を愛《いと》しく思うのと同時に、申し訳なく感じずにはいられなかった。

せめて次の子を身籠ればいいのだが、エリアナを産んで以来、発情は一度も来ていない。

その上先日、王弟エクエスとつがった神子が男の子を産んだ。

レイとエクエスは、どちらが王位を継ぐかで長年論争の種だったが、王にならなかったエクエスの最初の子供がアルファだったことは、再び王宮内を騒然とさせた。やはりエクエスのほうが王の資格があったのではないか、と言う者もいるし、バシレウス——王位の第一継承権を持つ者に与えられる名前を、エクエスの息子につけるべきだ、と主張する人間も出てきた。再び王宮や議会が荒れる元だと、嘆く声もある。

産んだ子が女の子だったこと、以降は身籠れる状態にならないこと。エクエスのほうが息子を授かったこと。

王宮の中では、どれも変わった生い立ちの神子のせいではないか、と非難する人もいるから、もしかしたら国民もがっかりしているかもしれないと、セレンは不安に思わずにはいられなかった。

「エリアナはとんでもなく可愛いんだ。今度来るときはあの子も連れてこよう」

ひとりしゅんとしたセレンをよそに、レイが上機嫌で農夫に告げ、農夫は「お待ちしてます」とにこにこした。そこに、「セレン！」と遠くから声がかかる。

「飲み物の用意ができたよー！」

休憩用の小屋のそばで手を振っているのはヨシュアだ。ヨシュアも神子だが、今は王宮を離れて街で暮らしている。伴侶のナイードが仕事でいないときは、葡萄畑や刺繍《ししゅう》工房の手伝いをしているのだった。農夫たちと同じ格好が、意外と似合っている。

セレンがレイと連れ立って戻ると、素朴な木のテーブルに、葡萄酒に柑橘《かんきつ》の果汁と蜂蜜水を加え、たくさんの果物を入れた飲み物が、大きな器で用意されていた。ヨシュアはそこから柄《ひ》杓《しゃく》ですくい、グラスに取り分けてくれた。

「レイ様が氷を差し入れてくださったから冷たいよ。みんなも飲んでね」

「こりゃあありがたい」

セレンたちを案内してくれた農夫が嬉しそうに声をあげた。すでにテーブルについていた農夫たちも、なごやかに笑いあう。

「レイ様が王様になってから、ありがたいことばっかりだな」

「神子様が昼飯をこさえてくれたり、こうして飲み物を配ってくれたりするしな」

「王もお妃《きさき》も、しょっちゅう来ては気にかけてくださる」

「王様は王宮が窮屈《きゅうくつ》なだけかもしらんがねえ」

冗談めかしてひとりが言い、どっと笑い声が沸く。レイも笑いながら、グラスをひとつ取った。

「そのとおり、王宮より畑のほうが居心地がいいんだ。これからも来るから、みんな怠《なま》けられないぞ」

「レイ様が来なくたって怠けんよ、大事な葡萄だからなあ」

「レイ様こそ怠けんでくださいよ、市場のほうじゃ最近見かけないってみんな言ってましたからね」

遠慮のない受け答えは、昔から親しくつきあってきた証拠だ。楽しげにしているレイを微笑ましく見守りながら、セレンもヨシュアからグラスを受け取った。

甘くて冷たい葡萄酒と柑橘の飲み物が、渇いた喉に染み渡った。おいしい、と呟《つぶや》くと、ヨシュアが顔を覗《のぞ》き込んでくる。

「セレン、大丈夫？　少し顔色がよくないみたい」

「そう？　大丈夫だよ」

「嘘だ。離れて暮らしてても、小さいころから友達なんだよ。セレンが無理してるかどうかはすぐわかるんだから」

ヨシュアは両手でセレンの顔を挟んでくる。真剣な表情で覗き込まれ、自然と笑みが浮かんだ。

「ヨシュアは元気そうだね。また綺麗になったみたい」

「僕のことはいいの！　セレンの心配してるんだよ」

ヨシュアは唇を尖《とが》らせながらも、確かめるようにセレンの顔や頭に触れ、それから両手を握った。

「セレンのことだから、みんなに気を遣って、またいろんなこと我慢してるでしょ」

「そんなことないよ」

首を横に振ってみせたが、レイまでが心配そうに寄ってくる。セレンの額に触れた彼は、すぐに腰を抱き寄せた。

「今日は暑いからな、日差しを浴びすぎたかもしれない。向こうの陰で少し休もう」

「具合は悪くないですよ。僕のことは気にしないでください。レイ様、みんなとお話ししたいでしょう？」

「セレンの体調のほうが大事だ。おいで」

やんわりと、しかし逆らえない強さで小屋の西側へと促され、セレンはヨシュアと農夫たちにそっと目礼した。みんな案じる表情なのが申し訳ない。日の当たらない、涼しい場所に置かれた木の長椅子にセレンを座らせたレイは、自分も腰を下ろすと、髪を撫でてくれた。

「つらかったらもたれかかるといい。頭が痛かったり、だるかったりしないか？」

「どこもなんともないです。ヨシュアもレイ様も、心配しすぎですってば」

「ヨシュアの言うとおり、顔色がよくないぞ。――でも、昨日よりは元気そうだ」

レイはわずかに目尻を下げると、セレンの額に口づけた。

「この前エリアナが熱を出したときは、セレンも無理をしたからな。その疲れが、やっと癒えてきたみたいだ」

「エリアナが熱を出したのはもう七日も前ですよ。あのときの寝不足なんて、とっくによくなってます」

「結局風邪がうつって、セレンの熱が下がったのは一昨日じゃないか。一緒に寝てくれるようになったのは昨夜からなんだから、まだ調子が悪くてもおかしくない」

「もし体調が悪かったら、レイ様と一緒に寝てないです。僕、昔から身体は丈夫だって言ってるじゃないですか」

下働きのあいだは休んだことなんかなかったのに、レイはセレンをか弱く繊細な人間のように扱う。大切にしてもらえるのは嬉しいが、できることなら心配はかけたくなかった。

「もうすっかり元気です。畑から王宮まで走って帰れるくらい」

握り拳を作って見せると、レイは溶けるように表情を崩した。

「王宮までか。それはすごいな」

「あ。レイ様、できないと思ってるでしょう。僕、走るのもけっこう速いですよ？」

「頼もしいが――だったら」

微笑んだまま、レイが顔を近づけた。

「もう風邪がよくなった証《あかし》として、口づけてくれないか？　昨夜は念のためとか言って、させてくれなかっただろう」

青い瞳が甘い色をたたえていて、セレンはぱっと赤くなった。

「ここ、外ですよ」

「誰も見ていないし、見られても困らない」

「レイ様が困らなくても、みんなが……、ん、」

みんなが遠慮してしまうのに、と思ったが、レイの唇が掠めるように触れて離れると、それ以上なにも言えなくなった。背中に回ったレイの手が、愛しむ動きで撫でてくれている。まつ毛を伏せてしまえば今度はしっかりと唇が重なって、セレンは手探りで彼の服を握りしめた。粘膜の濡れた部分が触れあって、ぴちゅ、とかすかな音がたつ。熱い舌が唇の内側をくすぐったが、深くは差し込まれず、かわりについばむように、何度も吸われた。セレンは完全に目を閉じずに、間近なレイの顔を見つめながら、自分からもそっと唇を押しつけた。

（レイ様――レイ様）

彼に口づけられるのが好きだ。キスのたびに、レイはひどく幸福そうな顔をする。見ると愛されているのだ、という実感が湧いてきて、セレンもとても幸せな気持ちになるのだった。心も身体も満たされていて、ただ幸せで、なにも怖くない時間。

うっとりと目を閉じると、レイはさらに数度ついばんでから、優しくセレンの頭を抱き寄せた。

「今夜は久しぶりに、三人一緒に食事をしよう」

「エリアナも喜びます」

もうすぐ三歳になるエリアナはレイに抱っこされるのが好きだ。レイも、王族らしくないと言われるほど、娘を可愛がっている。

レイは慈《いつく》しむ眼差しでセレンを見つめながら、丁寧に髪を梳《す》いた。

「体調が平気なら、ヨシュアと少し話してくるといい。エリアナの熱だけでなく、ここのところ忙しかったから、ずっと気を張っていただろう？　まだ時間はあるから、ゆっくりしていこう」

「レイ様……」

きゅんと胸が痛んだ。彼の言う「忙しかった」は、王宮の神子殿の主としての、セレンの仕事のことだ。レイが即位して以来、ミリア妃からセレンが引き継いだのだが、妊娠のこともあって、本格的に役目をつとめるようになったのは一年ほど前からだった。

今年は二年に一度の特別な日、『神の夜』があって、王宮に新しい神子がやってくる。

神子たちは大切な存在だから、オメガ性がわかると砂漠の中にあるイリュシアという町の神殿に集めて育てられる。神子としての教育を受け、成人すると王宮へと迎え入れられるのだが、王宮側ではその準備のため、決めなければいけないことや確認するべきことが山積みだった。

神子になって日の浅いセレンは戸惑うことも多く、補佐する王宮神官長にはよくため息をつかれてしまう。王妃らしくない、神子をまとめるのに相応《ふさわ》しくないと言われてしまうから、なんとか役目をまっとうしようと、夜遅くまで勉強する日もあった。

レイには、気づかれていないと思っていたのだけれど。

「心配させてしまって、ごめんなさい」

「責めているわけじゃない。セレンが頑張っているから労《いたわ》りたいんだ」

ちゅ、とおでこにキスをして、レイは立ち上がった。セレンの手を引いて立ち上がらせてくれ、もう一度抱きしめる。

「セレンとエリアナは俺の宝だ。誰がなんと言おうと、俺はセレンが産んでくれたのがエリアナでよかったと思っている」

「……レイ、様」

「エリアナもだが、愛するセレンには誰より幸せでいてほしい。だから我慢したり遠慮したりしないで、なんでも話してくれ。控えめで優しいのはセレンの美徳だが、少しでも不安なことがあるなら、俺にだけは伝えてほしいんだ。いいな？」

「――はい。ありがとうございます」

葡萄畑を見にいこう、と急に誘ってくれたのは、きっとこの言葉を伝えるためだったのだ。エクエスの息子のこと、自分の身体のこと、役割のこと――それらをセレンが後ろめたく思っているのを、レイは受けとめてくれている。

身体の芯までじぃんと痺《しび》れて、セレンはそっとレイに抱きついた。広くたくましい胸に顔を埋め、幸せだ、と噛みしめる。

言いつけどおりに働けばよかったころと違い、自分で決めたり、考えたりしなければならない立場は神経を使う。けれど、王の妃であり、愛される神子でいられるのは、願っても得られない幸福だ。レイと、二人の愛の証である娘のために、もっと頑張ろう――と、セレンは改めて思うのだった。

桃色の大理石を使った優美な建物は、正式には神子妃宮という。王や王弟、第一王子とつがって子を産んだ神子が、妃として住む宮だ。かつてはミリア妃が独占し、自分の私邸のように使っていた場所だった。

セレンはレイが居住する本宮に部屋を与えられていて、ここで寝起きすることはない。だが、神官たちと顔をあわせるのは神子妃宮で、という決まりがあり、神子殿の主としてのつとめがあるときは、長い時間をここで過ごす。

住まいにもなる宮だから、室内も庭も明るく美しく、一年を通して快適に過ごせるように造られているのだが、セレンには少し居心地が悪かった。豪華な調度品も磨き抜かれた床や柱も、自分が使うには贅沢すぎる気がする。

「では次に、神子殿の図書室に収める巻物について、検《あらた》めの日時は来週半ばでよろしいですか」

建物と同じ桃色の大理石でできた大きなテーブルの向こうから、王宮神官長のヘレオがそう訊《き》いてきた。着ているのは神官と揃《そろ》いの服だが、斜めにかけた長の証の頸垂帯《けいすいたい》にはびっしりと刺繍がほどこされている。イリュシアの神官長よりもやや若く、恰幅のある身体つきや口髭《くちひげ》を生やした顔は、堂々としていて押しが強い。元神子にしては珍しい外見だった。

彼に冷ややかな目つきで見つめられ、セレンは頷いた。

「はい。……その、確認にはリータにも同席してもらっていいんですよね？」

リータは、セレンたちが王宮に到着したときに親切にしてくれた年上の神子だ。エクエスに選ばれ、先日男の子を産んだ当人だった。現在は子供につきそっている時間が長いのだが、普段はセレンの補佐役として手助けしてくれている。

おずおずと切り出すと、ヘレオは馬鹿にするような表情になった。

「私としても、リータ様がいたほうが安心です。彼女のほうが決まりにも詳しい。もっとも、本来ならば我々神官におまかせいただく仕事ですから、慣例どおりにしていただければ、こんな手間をかけなくてもすむのですがね」

「でも、神子たちが読むものですから。できたら神子たちにも参加してもらいたいです。全員じゃなくても、読書や勉強が好きな何人かに……」

ヘレオがわざとらしく咳払《せきばら》いした。じろりとセレンを睨《にら》み、口髭を指でひねり上げる。

「商人が来るのに神子は近づけられませぬ。セレン様は三年も王宮にいて、いまだにしきたりもご理解いただけませんか」

侮蔑《ぶべつ》に満ちた声音に、セレンは小さく身を縮めた。しきたりなら、もう頭には入っている。でも、変えたほうがいいこともあるのではないか、と思うのだ。

「今は、街で暮らす神子もいますよね。商人の方は別室で待ってくれますから——」

「たとえ別室でも、王宮の神殿にいる以上は許されません」

セレンの言葉を遮って、ヘレオは叱るように言った。

「神子は神聖な存在です。王たちのために神が遣わした尊い者を、下賤《げせん》の者のそばに近づけるなど、本来はあってはならないこと。王が特別にお許しになったとはいえ、セレン様だってオメガですから、わざわざ商人のために別室を用意しなければならないんですよ。──もっとも、長いことただの下働きでいらしたセレン様にはわからないでしょうが」

蔑《さげす》む視線を向けながら、ヘレオは露骨な嫌味を言い放ち、また口髭をひねった。

「神子たちを預かる王宮神官長として、私も憂えているのですよ。相変わらず威厳や責任感とは無縁のようですが……まあ、それも仕方ないかもしれませんね。なにしろ、セレン様は普通の神子ではありません。姫を産んだきり神子らしい身体の変化さえないんですから。──それとも、私が不覚にも気づかないだけで、発情されていますか？」

セレンは黙って俯《うつむ》いた。ヘレオはこつこつと踵《かかと》を鳴らして近づいてくると、大胆に顔を寄せてにおいを嗅いだ。

「ああ、残念ながらあのにおいはしませんねえ。残念ながら、ねえ」

こんなことは、本来なら許されない振る舞いだ。王族の子を産んだ神子は、子供の性別にかかわらず、神官長よりも身分は上になる。ましてセレンは王妃として選ばれた身だ。無礼なことなどできないはずが、セレンの出自を知っているヘレオは、決して敬おうとしないのだった。

「私は最近思うのですよ。本来、オメガ性を持って生まれたなら、もっと前からわかっていたはずです。セレン様が巧妙に隠してきただけで、実は以前から発情していたのだ、と考えるほうが、成人してから急にオメガになった、というよりもありえる話です」

「そんな……僕は本当に、」

「早いものなら十歳ごろには発情することもありますからね」

ヘレオはこうしてなぶる口調になると、セレンにはしゃべらせない。口をひらいても遮って、一方的にまくしたてるのが常だった。

「セレン様のように罪の子なら、もっと早くに発情することもありそうだ。だからもしかしたら、もうオメガではないのでは、と案じております。オメガでなくなったのに王宮に居座るならば、図々しいと言わざるをえませんからね。王子をお産みになったならともかく、女児をひとり産んだだけではねえ。居座るならせめて神子をたばねる主として、相応の働きをして役に立つと示していただかなければ、我々神官も困るのです」

「……いたらなくて、申し訳ありません」

どうにか謝罪の言葉を口にしたものの、ヘレオに謝っても意味がないことは、セレンもわかっていた。彼の言葉は理屈の通らない、ただセレンを傷つけるためのものだから。

案の定、ヘレオはますます蔑む目つきになった。

「謝っていただきたくて苦言を呈《てい》しているわけではありませんよ。今の神子殿の現状を、セレン様は嘆かわしいとは思わないのですか？　レイ様は一度もいらっしゃらない、エクエス様もリータとつがってからは贈り物をくださるだけ。たまに前王の弟君たちがお茶にいらっしゃるだけでは、神子が可哀想です。それもこれも、あなたのせいでしょう。下働きが長かったセレン様は妃の身分を手放したくないのでしょうが、私利私欲のために大勢の神子を虐《しいた》げるなどあってはならない。いずれは不適切な者を相手に選んだ陛下のご判断も、疑われることになりますよ」

まくしたてたヘレオはそこで息を吸い、さらになにか言おうと口をひらいたが、使用人が控えめに声をかけてきた。

「セレン様。そろそろ五度目のお祈りの時間でございます」

「すぐ行きます」

ほっとして立ち上がると、ヘレオは面白くなさそうに舌打ちし、足りなかったのか吐き捨てるように言った。

「せいぜい心を込めて祈るんですな。ちゃんと身体が疼《うず》きますように、濡れて陛下の相手がつとめられますように、と」

卑猥《ひわい》な侮辱の言葉に、うなじのあたりがざわりとした。ヘレオもかつては神子だったはずなのに、彼は神子を軽蔑している節がある。なかでもセレンのことは、穢《けが》らわしいと思っているようだった。

セレンは小さく一礼してヘレオの前を通りすぎた。嫌われたり、蔑まれたりするのには慣れている。なのに、神子妃宮を出ても胸のざわつきがおさまらなかった。

(ちゃんとしないと……いい神子でなければ、レイ様まで悪く言われてしまうんだから。エリアナだってどんどん嫌われちゃう)

神子殿の祈りの間に向かいながら、やっぱり、とセレンは自分に言い聞かせた。

(やっぱり、あのことをレイ様に頼んでみよう)

以前から考えてはいたものの、レイが簡単には頷いてくれないだろうと、相談するのを諦めていたことがある。けれど、もう先延ばしにはできない。レイがセレンをかばうあまり、また議会での立場が悪くなりつつあると、エクエスに教えてもらったからだ。

彼をひとりにしたくない、と思って恋に落ちて、愛しているのに、自分のせいでかえってレイを不幸にするなんて駄目だ。これ以上、レイに孤立してほしくなかった。

神子殿の敷地に入ると、神子たちも祈りの間へと向かうところだった。セレンに気づいてもただ通り過ぎる者もいれば、おじぎをしてくれる神子もいる。挨拶されて頭を下げ返していると、神子のひとりが振り返った。リータだ。

「セレン!」

優しげな雰囲気はそのままに、大人の女性らしい容姿になった彼女は、セレンにとって頼れる姉のような存在だ。神子たちに嫌われているわけではないけれど、今ひとつ馴染《なじ》めないセレンに、いつも彼女だけは声をかけてくれる。

「リータ。もうみんなと一緒にお祈りしても平気なんですか？　赤ちゃんは？」

「私もあの子もとっても元気よ、ありがとう」

笑顔で近づいてきたリータは、セレンの顔を見ると心配そうに首をかしげた。

「セレンこそ大丈夫？　悲しそうな顔してるわ」

「――ヘレオ様に叱られてたんです」

「もう、またなの？　ヘレオ様にも困ったものね」

リータは細く編み込んだ髪を揺らして、神子妃宮のほうへと視線を向けた。

「あの人、王宮神官長に思ったような権力がないってわかって腹を立ててるのよ。イリュシアではテアーズ様の取り巻きだったけど、あのことがあって以来、自分が一番偉い神官になる、って張りきり出したんですって」

『あのこと』というのは、ミリア妃が処分された事件のことだ。彼女は王宮にいる神子を、逃げるのを手伝うと騙《だま》して売り払っていた。

「そうだったんですね……知りませんでした」

セレンはそういう情報には疎《うと》い。

「でも、ヘレオ様が来てからもう三年経つけど、すごくいらいらされているのは最近ですよね？」

「セレンったら、ずいぶん前からいじめられてるじゃない。あなたは気にならなかったかもしれないけど、みんな心配していたのよ」

リータはよしよし、と頭を撫でてくれる。

「でも、たしかに最近ひどいわよね。私にもすぐいやなことを言うの。たぶん、レイ様が今年もイリュシアには行かないって言ったせいじゃないかしら」

「……そうかもしれませんね」

セレンは困って目を伏せた。神子を王宮に迎えるにあたっては、王族が『神の夜』にあわせて砂漠の町イリュシアまで行くのが決まりなのに、レイは二年前、まだエリアナが小さいからと言って行かなかった。「迎えにいくのは王族なら誰でもいいはずだ」とレイは言ったが、慣例では王子が生まれて成人するまでは、王自らが行くものだ。

「そんな顔しないで、セレン。レイ様が決めることは、私たちにはどうしようもないもの。ヘレオ様のことも、レイ様にちゃんと言って、対応してもらったほうがいいわ」

リータは背中も撫でて慰めてくれ、セレンは微笑み返した。

「ありがとうございます」

リータの言葉はありがたいが、セレンはレイに言うつもりはなかった。ヘレオは神官なのだから、神子の中で一番上に立つセレンが対処すべきことのはずだ。

（レイ様、ただでさえお忙しいんだもの。それにヘレオ様は、僕のことは嫌いでも、レイ様が

王様に相応しくないとは言わないから、レイ様にとっては味方だ――今は、まだ）

あまりにセレンがいたらなければ、ヘレオもレイを悪く言いはじめるかもしれない。それだけは避けたかった。嫌味や暴言は、セレンが我慢すればいいだけのことだった。

祈りの間に入り、神子たちの一番前に出る。祭壇の前で膝をつき、セレンは両手を組みあわせた。こうべを垂れて、無意識でも唱えられるようになった祈りの言葉を声に乗せる。感謝と愛を伝えながら、願う。

（レイ様が、僕のお願いを聞き入れてくれますように）

彼がまた、周囲から疎まれたりしませんように。誇り高く立派な王が、大勢の人に愛されますように。

個人的なことを神に祈るのが神子として正しいか、セレンにはわからない。けれど、セレンからレイにできることは少ないから、祈らずにはいられなかった。


祈りを終えたセレンは、急いで本宮へと戻った。この季節はまだ日は高いが、エリアナの夕食の時間なのだ。

「しぇえんっ」

乳母と待っていたエリアナは、舌足らずにセレンを呼んで、抱き上げるとぎゅっとしがみついてくる。髪色は黒でセレンにそっくりだが、目は綺麗な青をしていた。動物も虫も大好きな活発な性格のいっぽう、綺麗な装飾品に目を輝かせるおしゃまなところもある。全体的に愛らしい子猫のような魅力が溢《あふ》れていて、乳母たちやレイには溺愛されていた。

セレンにとっては不思議な宝物だ。エリアナと離れているときは、男の子に産んであげられたらもっと幸せだっただろうに、と悲しくなるのに、ふにゃふにゃとやわらかい彼女を抱きしめると、ただ愛おしさが湧いてくる。とんとん、と背中を叩いてあやせば、穏やかで満ち足りた気持ちになれた。

「遅くなってごめんね。二人でごはん食べようね。今日はレイ様、まだお仕事みたいだから」

部屋にいないということは忙しいのだろう。エリアナは少しのあいだ、レイを恋しがってぐずったが、使用人がテーブルに食事を並べるとけろっとして手を伸ばした。

「しぇえんっ。ぱん！」

「パン好きだね。ペーストはどれにする？」

「こえっ」

指差した野菜のペーストを、たっぷりパンに塗ってやる。エリアナは最近、なんでも自分で選ぶのにこだわっているのだ。自分で選んだわりに「やっぱりいや」と拒否したりするのだが、そのときのぷうっと膨れる顔がまた可愛いのだった。

一時期はなんでもいやいやと言われてせつなかったけれど、子供にはそういう時期があるからと、乳母たちが慰めてくれて助かった。

(僕も子供のころは、こんなふうに変なわがままを言ったりしたのかな)

幼いころの記憶が、セレンにはほとんどない。覚えているのは暗い、冷たい夜の部屋だ。高い窓から夜空が見えていて、とても寒くて、膝を抱えている記憶。心細く、わけもなく「ごめんなさい」とばかり考えていた。あれは、何歳のことだったのだろう。

「しぇえん、たべゆ?」

明るく無邪気な表情で、エリアナが見上げてくる。食べてるよ、と微笑み返し、セレンはスープを匙《さじ》ですくった。ほどよくあたためられて、肉と野菜の味がよく出たおいしいスープだ。

エリアナが真似をして自分も匙を持ち、こぼしながらも口に運ぶ。

「どう? スープもおいしい?」

「んーっ。おいちっ」

にこおっ、とエリアナが笑う。ふふ、とセレンも笑ってしまった。

(可愛いなあ。ずっと見ていたくなっちゃう)

舌足らずな話し方も丸い頬も愛おしくて、こうして一緒に過ごしていると疲れが消えていくようだ。ぴた、と頭に頬をくっつけると、乳母がエリアナ用のお茶を用意しながら、微笑ましそうに見つめた。

「セレン様が普通の母親のように付き添ってくださるから、エリアナ様はのびのびお育ちですねえ」

「……あんまり、王族らしくはないですよね」

三人いるエリアナの乳母たちは、皆セレンにも好意的だ。だから言葉に他意はないとわかっていても、セレンは少ししゅんとした。

「わたくしはよいことだと思いますよ。陛下がお決めになったことですし、陛下ご自身も幸せそうです」

お茶の器をエリアナの近くに置き、乳母は前掛けの上で丁寧に両手を重ねた。

「わたくしは長く王宮でお仕えさせていただいておりますから。レイ様は実のお母様の記憶がない分ミリア様をお慕いで、寂しい思いをなさってたでしょう。だから自分のお子様には、親にたくさん甘えさせたいのだろうな、と思ってたんです」

乳母の中でも一番年上の彼女は、もう祖母のような年齢だ。言われて初めて、セレンも納得がいった。

「そっか……レイ様は自分みたいに寂しい思いをさせたくなかったんですね。——気づきませんでした」

エリアナが生まれた直後に、レイは俺も面倒を見る、と宣言していた。一緒に遊んだり、ミルクをあげたりしたい、と言って、当時はずいぶん王宮内がざわついたものだ。国の政にかかわるわけではないから、レイが独断で決めたのだけれど、議会の長老たちは今でもいい顔をしない。セレンがもともと下働きで、いまだに王妃らしくないから、その悪影響がレイにも及んでいる、と彼らは考えているらしかった。セレンがエリアナを抱いて執務室に行ったりすると、露骨に眉をひそめる人もいる。

「もちろん、セレン様のためもあるでしょうけどね」

乳母はセレンの分もお茶を淹《い》れてくれた。

「セレン様のお母様も早くに亡くなられたのでしょう？　きっとお寂しかったでしょうから、レイ様はご自分と同じように、セレン様も子供を可愛がって育てたいと考えるだろうって、配慮してくださったに違いありませんよ」

「――きっとそうですね」

レイの性格ならありえることだった。乳母が「上手でしたね」と褒めてエリアナの口元を拭いてくれる。当然の顔をしてなすがままになっている娘を見ながら、セレンはじわっと胸の奥が熱くなるのを感じた。

エリアナはもうこんなに大きい。危なっかしいながらも歩けるようになって、セレンの名前も呼べるようになって――今年の秋には三歳になるのだ。

セレンとレイが出会ってからは、もうすぐ四年。

（レイ様は、ずーっと僕に優しい）

セレンがそうと気づかないときでさえ、深く優しく想ってくれている。

ふいにレイに会いたくてたまらなくなって、セレンは急いでスープを飲み干した。エリアナが食べ終えるまでつきあってやり、風呂は乳母に頼む。

「レイ様はまだ執務室でしょうか？」

出入り口のそばに控えた侍従に聞くと、彼はちょっと口ごもった。

「謁見《えっけん》の間に向かわれたと聞いております。緊急のお目通りを願う方々がいたそうです」

「こんな時間に、珍しいですね」

普段なら、この時間には官吏たちも仕事を終えているはずだ。だが、急な来客があるのは初めてではない。

「じゃあ僕、控えの間で待ってますね」

そう言うと侍従は気まずそうな顔をしたが、早くレイに会いたかったセレンは気にせずに謁見の間を目指した。隣の控えの間にいれば、謁見が終わったらすぐに会える。

だが控えの間に入ると、すぐに侍従の表情の理由がわかった。大きな声が、謁見の間から聞こえてきたのだ。

「これは正式な神託ですぞ。聞きたくないとおっしゃられても、我々には陛下にお伝えする義務がございます」

「どうせろくでもない内容なんだろう」

「兄上」

つまらなそうに応じたレイを、エクエスが諫《いさ》めた。言ってみろ、と彼が促して、「では申し上げます」と声をあげたのはヘレオだった。

「神の庭より、何十年ぶりかでご神託があったと伝達がございました。こちらが書面、そしてこちらが使いの神官でございます。神官長テアーズをはじめ、すべての神官の署名を確認し、正式なものと認定いたしましたので、陛下へご報告申し上げます」

セレンは謁見の間へ続く扉のそばで身を硬くした。神話以外に神様のお告げがあったなんて、これまでセレンは聞いたことがない。でも、神殿では下働きだったから知らなかっただけかもしれなかった。

謁見の間からは、ヘレオにかわって、別の神官らしき人物の声が響いてくる。

「このたびのお告げによりますと、王妃となられたセレン様は、リザニアールにとって祝福された相手ではない、とのことです」

びくっ、と思わず肩が揺れた。自分の名前が出るなんて思ってもみなかった。神官は緊張のせいか、声を震わせながら続ける。

「セレン様は神の子であるどころか、アルファを惑わし、堕落させる邪悪な精霊の化身であるそうです。このまま寵愛《ちょうあい》すれば、大地が怒りに震え、悪《あ》しきものを罰するだけでなく、尊きものも奪うだろう、と」

(……ひどい)

セレンは両手で口を押さえた。神様は怒ったら、セレン以外にも罰を与えるつもりだ、ということだ。

(尊きものって、国が大切にしているものっていうことだよね。葡萄畑とか、街の人たちとか……？　全然関係ない人たちが巻き添えになるなんて、あんまりだ)

神様がそんなことをするだろうか、とは思うが、もしかしたらそれくらい、セレンが怒らせた、ということかもしれない。

「くだらん」

ごく低く、レイが言い捨てた。陛下、と長老のひとりが厳しく言った。

「正式なご神託だ、と申し上げたはずです。くだらないなどと一蹴《いっしゅう》していいものではございませんぞ」

「神託とは言うが、なぜ神のお告げだとわかったんだ？」

「祈りの最中に、複数の神子が神の御声を聞いたのでございます」

「王宮にいる神子は誰もそんな声は聞いていないようだが？　どうせ、俺の言うことを議会で承認しないだけでは足りなくなって、嫌がらせに神託をでっち上げたんだろう」

レイはまったく信じていないようだった。ヘレオがむっとしたように返した。

「神子や神官をお疑いになるというのですか？　それは神に対しても冒瀆《ぼうとく》です」

そのとおりです、とヘレオを擁護《ようご》したのは別の長老だ。

「陛下の案を議会が承認できないのは、承認するだけの正しさがないからでございます。国を治めるとはただ民の声を受け入れればいい、ということではございません」

「おまえたちが甘い汁を吸えればいい、というものでもないだろう」

「――陛下」

最初の長老が深くため息をついた。

「いいですか。陛下はなにかにつけ、伝統やしきたりを軽んじられる。その態度を受け入れられない者は大勢いる、ということです。人心を得られないだけでなく、神の怒りを買うことにもなりかねない。ご神託があったのは、セレン様を陛下の運命のつがいなどと祭り上げる間違った言説が巷《ちまた》でもてはやされていることが、神の怒りに触れたからに違いありません」

そうだな、と長老は神官に問いかける。神官は恐縮しながらも、はっきりと「はい」と答えた。

「何か月も前から、神殿周辺の砂漠では、いくつも不吉な兆しが見られるようになっています。皆で案じていたところ、お告げがあったので、こうしてご報告に参りました」

「それで？」

臣下たちに口々に言われても、レイは冷ややかな態度を崩さなかった。

「この俺にどうしろと？」

「――恐れながら、陛下には、セレン様の誘惑に打ち勝っていただきたく」

「回りくどい言い方をしないで、はっきり言え」

「具体的に申し上げれば、子を身籠れる状態にないセレン様ばかりをおそばにおくのではなく、別の神子とつがっていただくのがよろしいと存じます。また、今年こそは陛下にも神の庭まで神子を迎えにいらっしゃっていただきたい。後継となる王子を得られるまで、神子を選ぶのが王のつとめでございますから」

慇懃無礼《いんぎんぶれい》な長老の言葉は予想どおりで、セレンは傷つくよりも「やっぱり」という思いを強くした。ほかの神子ともつがうように、というのは、エリアナが生まれた直後から、再三臣下たちが進言してきたことなのだ。

たぶん、謁見の間にいる長老二人は、議会の中でもレイを支持する人間だ。彼らはレイのためを思って、王としてのつとめを果たせ、と言いに来たのだろう。

レイだってそれがわかっているはずなのに、返答はそっけなかった。

「誰がなんと言おうと、俺の妃はセレンだ。セレン以外を愛することはないし、子を得るためだけにつがうこともしない」

「しかし陛下」

「おまえはいやだろうが、バシレウスの名前はエクエスの息子につければいい」

「兄上!」

誰より早く、エクエスがレイをたしなめた。

「そういう重要なことを軽々しく口にするものではありません。——おまえたち、ご苦労だった。今日は下がってくれ。神託は正式なものとして、受理しておく。それでいいですね、兄上」

「受け取るだけは受け取るさ、正式だと言い張るならな」

不機嫌なレイは玉座から立ち上がったようだった。兄上、と困ったようなエクエスの声に、セレンのほうがいたたまれなくなった。謁見の間を辞したヘレオたちが廊下を通っていく。「ご神託までないがしろにするとは、信じられません」と、憤然としたヘレオに、長老が「陛下のあの性格は直らんだろう」とため息をついた。会話に胸を痛めながら、セレンはそうっと扉から離れた。

途端、その扉が開いて、レイが顔を出す。半端な位置に立っているセレンを見ると、申し訳なさそうに表情を曇らせた。

「すまない。聞こえただろう」

抱き寄せてくれる腕はあたたかい。セレンは控えめにその腕に手を添えた。

「聞こえましたけど、レイ様が謝ることはなにもないです」

「臣下の無礼は主の不徳だ。あんなこと、言わせるべきじゃなかった。神託なんか持ち出して——最低だ」

レイはセレンのうなじに顔を埋めるようにして、ぎゅっと力を込めた。まるで離すまいと意地になっているようで、セレンがぽんぽんと背中を叩いても、顔を上げようとしない。

「びっくりしましたけど、神託が今もあるなんて知らなかったから、あんまり実感がないんです。本当だったら……もちろん、怖いですけど」

なんとなくだけれど、神様があんなことを言うだろうか、と疑問に思ってしまう。セレンが悪い存在で、レイをたぶらかしたことに怒っているなら、セレンだけ罰すればすむはずだ。レイは一度も、国民をないがしろにはしていないのだから。

「大切なものまで奪うなんて、罰だとしたらひどいですよね。でも、『尊きもの』って、具体的にはなんなんでしょう？」

「それは――」

レイは答えかけて、迷うように口をつぐんだ。それから、しっかりとセレンを抱きしめ直す。

「あんなの、本当なわけない。セレンが怖がる必要なんてないんだ」

「でしたら、皆さんがそれだけ心配しているってことですよね。お見えになっていたのは、レイ様を以前から支持してくださっている長老たちでしょう？　レイ様のことを考えるからこそ、ああ言ってくださったんだと思います」

「セレンの言うとおりです」

遅れて入ってきたエクエスが、セレンに抱きついた兄の姿に眉をひそめた。

「またそんな甘え方をして……兄上は最近、子供っぽいですよ」

「俺は前からこうだ」

「いっときよくなっていたのに、また悪くなっているという意味です」

嘆かわしげに、エクエスは額を押さえてため息をついた。

「ご神託はこれまでも何度か例のあること。あのように一蹴しようとするものじゃないでしょう。せめて自分を支持する者くらい、大事にしてやってもいいのではありませんか」

「あんな露骨な脅《おど》しが神託なわけないし、ヘレオは俺を嫌っているぞ」

「彼は不敬なことを言ったわけじゃありませんよ。ただ職務をまっとうした、ということでしょう。それに、神託が嘘だと決めつけては神官や神子を否定することになる。内容はセレンにとっては酷ですが、兄上を失脚させたいなら、あんな神託など伝えず、煙たい進言をする必要もないのです。兄上も彼らの立場も考えてやるべきだ」

セレンにはエクエスの言うことが公平に思えたのに、レイは頑《かたく》なに抱きしめてきて離さなかった。

「俺を支持する長老が子を作れとうるさいのは、自分の保身のためであって俺のためじゃない。あいつらこそ、少しはセレンのことを慮《おもんぱか》ってやれないのか？　俺が王になったのだってセレンのおかげなのに、あからさまに王妃を軽んじるのが正しいと？　――俺は」

ぎゅ、とさらに腕が巻きついた。

「俺は誰より、セレンを幸せにしたいだけだ」

「――レイ様」

抱きしめる強さが、レイの苦しさを表しているかのようだ。セレンはそうっとレイの髪を撫でた。

「僕も、レイ様はほかの神子をお迎えになったほうがいいと思います。二年前に続けて、今年もレイ様がお迎えに来てくれなかったら、神子も神官も不安になります。ちゃんと迎えにいって、王宮でも神子殿に通ってください。どこに住んでもいいのに王宮に残ってくれた神子は、王族の役に立ちたいと思っているんですから」

レイはようやく顔を上げたが、ひどく不満そうだった。なにか言おうとして、言葉を選べなかったのか唇を噛む。背後から、エクエスが「兄上」と諭した。

「セレンにもこんなことを言わせて、不甲斐ないと思っていただきたい」

「――」

「あの神託が本物だろうと脅しだろうと、セレンを愛おしく思うなら、するべきことはわかるでしょう。私は王に相応しいのは兄上で間違いなかったし、次の王も兄上の子がなるべきだと思っている。私にとっては、自分や自分の子が王になることよりも、兄弟に禍根がないこと、国が平和で繁栄することが一番の願いであり、兄上やセレンのことは愛している。それに、エリアナは可愛い姪《めい》だ」

レイは目を伏せて、説得しようとする弟の声を聞いていたが、エリアナの名前にはわずかに肩が揺れた。

「アルファは子をなしにくいと言われるのに、結ばれて早々に宝を授かるなんて素晴らしいことです。エリアナが生まれてきたことを喜べない人間は間違っていると思う。――臣下も、私も、エリアナや私の息子も、そしてセレンも。皆が肩身が狭い思いをせず、たがいに幸福を感じながら生きていくためには、兄上が世継ぎを作らねば。もちろん、それがセレンとのあいだに生まれるのが一番でしょう。そのための時間稼ぎ、といっては言葉は悪いが、ほかの神子に協力を願うのも、手段としては有効です」

「――」

「せめて、その気がある、と示すためにも、今回は神の庭に行ってください」

レイの目がセレンを見つめてくる。セレンが頷いて見せると、彼は深くため息をついた。

「わかった。考えておく」

行く、と即答しないレイに、エクエスは渋面になったが、レイは硬い表情のまま、セレンの腰を抱いて戸口に向かう。セレンがエクエスを振り返ると、「すまないな」というような顔をされて、「大丈夫です」と伝えたくて微笑んだ。

見上げればレイは考え込んでいるようで、前だけを見ている。レイの気持ちも愛情も、痛いくらいにわかるけれど、部屋に戻ったらもう一度頼まなくてはならない。

いや、一度だけでなく、彼が納得してくれるまで説得しなければ。

足早に進むレイに連れられて私室へと戻ると、すぐにお茶の道具一式が運ばれてくる。フェンネルとミント、生姜《しょうが》と桑の実を使ったいつものお茶を淹れ、長椅子に座ったレイに寄り添うと、セレンは思いきってその頬にキスした。

「頭痛、しませんか？」

「――大丈夫だ」

やっとレイの表情がやわらいだ。ちゅ、とキスを返してくれ、お茶に口をつけると、背もたれに身体を預けて目を閉じる。

「セレンのお茶を飲むと疲れが癒えるな」

「首、少しマッサージしましょうか」

「いや、いい。それよりくっついてくれ」

レイは片手でセレンの肩を引き寄せ、自分にもたれかからせた。目を開けるとじっと天井を見つめて、セレンもつられて上を見た。見慣れても飽きることのない、美しい模様が天井いっぱいに広がっている。

「神の庭には行く」

独り言のように、レイが告げた。

「だが、セレンもエリアナも一緒だ」

「……それは、いろんな人に反対されませんか？」

王が、神子や娘を伴って神の庭に行くなんて聞いたことがない。これはセレンが無知なわけではなく、たぶん前例がないはずだ。レイと一緒に神殿の天井も見られたら嬉しいけれど、ほかの人を困らせてまで行くのは申し訳ない。

「反対されてもかまうものか。セレンのしたいことは叶えると約束したんだ。天井を見に、神殿にも連れていく」

天井から視線を戻して、レイはセレンの髪に口づけた。

「それに、エリアナだけを置いていくのは心配なんだ。不在中に、誰かが毒を盛らないとも限らない」

「毒だなんて……エリアナを殺したって誰も得しないじゃないですか」

「わからないぞ。さっきのでたらめな神託を聞いただろう？　意味はなくても、俺やセレンへの嫌がらせで残酷なことをするやつだって、いるかもしれない」

たしかに、そういう人が絶対いない、とは言いきれない。セレンを傷つけ、心が折れたセレンが王宮から去るようにしむけたい者はきっといるだろう。

だが、そうですね、と同意はできなかった。

「僕はエリアナと一緒に留守番でいいです。エリアナは責任を持って守りますから」

「セレンは、俺に約束を破る男になれっていうのか？　おまえの望みは叶えてやると言っただろう。神殿の天井を見せてやりたいんだ」

レイが以前の約束を大切に考えてくれていることは嬉しい。けれど、あのころとは事情が違うのだ。

「見られたらもちろん嬉しいですけど、今回じゃなくても、神の夜のときじゃなくてもいいでしょう？」

「いやだ。一緒じゃないなら俺も行かない」

レイは顔を背けてお茶を飲む。絶対に折れない気配が伝わってきて、セレンはこっそりとため息をついた。あとでエクエスには渋い顔をされてしまうだろうが、なにか妥協しないと、レイは本当にイリュシア行きをやめてしまいそうだ。

「では、エクエス様たちが許可してくださったら、僕もエリアナも連れていってください。そのかわり、約束してくださいますか？　新しい神子を迎え入れたら、お相手を選ぶために神子殿に通うって」

レイはなにも言わずにセレンを見た。無言でも、燃えるような青い目は激しい拒絶が浮かんでいて、セレンは彼の膝に手を置いた。

「僕はこんなことでレイ様が責められるのがいやなんです。アルファを産めなかったのも、王妃らしくなくてみんなに失望されているのも、まだ発情期も来てないのも僕のせいです。……僕が出来損ないのオメガだって言われるだけならいいのに」

「セレン！」

レイは強くセレンの両肩を掴んだ。

「二度とそんな言い方で自分を貶《おとし》めるな。セレンのせいだなんて、絶対ない。悪いのはセレンじゃなくて、勝手な思惑を押しつけてくるやつらだ。——俺が愛しているのはおまえだけだって、知っているだろう？」

「知っているから、お願いしてるんです」

まっすぐにレイの顔を見つめて、セレンは告げる。

「どうかもうひとりだけでも、お相手を選んでくださいませ」

「俺に、ほかの神子を抱けと？」

「そうです」

「……よくわかった。セレンはやきもちも焼いてくれないんだな。結局、そこまで俺を愛してはいないんだ」

顔を背けてしまうレイに、違います、と言いたかった。愛しているからこそ、自分が一歩下がるべきだと思うのだ。

「レイ様のお妃の座は、譲りたくないって思ってます。それではだめですか？」

「でも、万が一ほかの神子がアルファを産んで、議会の連中やエクエスが、その神子のほうが妃に相応しいと言ったらどうする？　自分は妃じゃなくていい、ってセレンは言うだろう」

「それは——」

言う、かもしれない。立場はどうあれ、レイのそばにいられるならかまわないから。

黙ると、レイは顔を背けたまま立ち上がった。

「もういい。今日はひとりで寝る」

「お食事は――」

「いい」

レイは奥の寝室へと向かってしまう。背中は拒絶するかのようで、セレンはただ「おやすみなさい」と言うしかなかった。

衝立《ついたて》の奥へとレイが姿を消しても、セレンはしばらく動けなかった。本音を言えば少し寂しい。もう何日も――何か月も、レイとは身体を重ねていない。昨晩も一緒の寝床に入っただけで、レイが誘ってくれたけれど、応じられなかった。

周囲の目が、気になってしまうからだ。ただでさえ、妃には相応しくないと考えている人が多いのに、寵愛されていれば白い目を向けられる。使用人でさえいい顔をしない者もいることが、どうしても心苦しかった。

発情していませんから、と断れば、レイは「苦痛かもしれないものな」と引いてくれる。実際、セレンはエリアナを産んで以来濡れなくなっていて、香油を使ってもらっても痛みが強かった。

医者によれば、子供を産んだあと、しばらくアルファとの行為をいやがる神子も多いらしい。

とはいえ、三年も嫌悪期が長引くオメガはいないと、レイだってわかっているはずだ。それでも彼は、セレンが乗り気ではないと愛しあう意味がない、と言ってくれる。

過分なほど大切にされている。

きっと同じ寝台で眠るだけでも快く思わない人はいるだろうけれど、レイの優しさや思いやりを無下にしたくなくて、風邪を引いたとき以外はずっと一緒に寝ている。でも、一緒に眠るだけでレイに報いているとは思えなかった。

(僕、レイ様にいただいてばっかりだ)

セレンの知る幸福は、ほとんどレイが教えてくれたことばかりだ。にもかかわらず、望まれる王子を産めず、二度目の発情も来ない自分は——オメガはオメガでも、出来損ないなのかもしれない。

夕方にヘレオに言われた嫌味が、脳裏に蘇《よみがえ》った。「もうオメガではないのでは?」なんて、根拠のない悪口だ。いくら早くに発情期が来たとしても、三、四歳で発情するわけがない。オメガでいられる期間は十六年。レイに抱かれて訪れたのが初めての発情でなかったとしても、あと数年はオメガのままのはずだ。

(でも……発情が変に遅かったんだから、急になくなってしまうことだって、あるかもしれないよね)

もし、もう二度と発情が来ないとしたら。

オメガとは呼べない、ただの人間だとしたら――王であるレイのそばにいるのは、許されることだろうか。

◆　◆　◆

セレンが部屋を辞していくのを待って、レイは侍従にダニエルを呼んでくるよう命じた。ついでに酒と酒肴《しゅこう》も持ってくるように言い、窓から空を見上げる。神の夜が近づくと、夜空には金色の一の月と青白い二の月が一緒に輝くようになる。右目の弱いレイにとっては、眩しいだけであまり嬉しくはなかった。

月明かりのせいか、セレンのお茶を飲んだのに、目の奥が痛む。無意識に強く押そうとして、セレンの声を思い出してやめたとき、「参りました」と侍従が告げた。

振り返ると、ダニエルが入ってくるところだった。王宮で飼われている愛玩用の動物の管理を担当する「獣係」のダニエルは、上背のある精悍《せいかん》な身体つきに、男性的な特徴を持つ顔立ちだ。リザニアール人と同じ黒髪だが、目は灰色がかっていて、どこか異国の血が流れているのが窺《うかが》える。

「お呼びでしょうか、陛下」

「ああ、酒につきあってくれ」

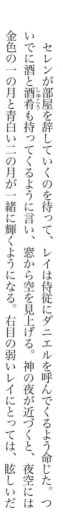

座るように促して、レイは長椅子に腰を下ろした。侍従が酒や肴《さかな》を並べて下がると、ダニエルが苦笑しながら杯に酒を注いでくれた。

「獣係を酒の相手に呼びつける王は、世界中探してもきっとレイ様だけですよ」

「だって、エクエスは誘えないだろう」

花のような香りの酒は甘みがあり、口当たりはいいが強い。一息に飲むと喉が焼け、ダニエルが眉をひそめた。

「竜舌蘭《りゅうぜつらん》の酒をそんなふうに呑むのはやめたほうがいいです」

「わかってるが、どうせ今日は酔えない」

自分の杯を自分で満たし、ダニエルにも注いでやる。二杯目を半分ほど飲むと、自然とため息が漏れた。

「セレンが、最近また俺に遠慮するんだ」

ほとんど独り言のような言葉に、ダニエルはなにもこたえなかった。レイはナッツをひとつ取り、噛み砕く。

「あいつが悟られないようにしてるつもりでも、俺にはわかる。即位したばかりのころはちゃんと甘えてくれていたのに——いや、あのころだって控えめすぎたが、でももっと幸せそうだった」

「セレン様なら、お幸せでいらっしゃると思います。最近はますますお美しい」

「おまえは俺にもっと厳しくていいんだぞ、ダニエル」

レイにしてみれば、不甲斐ないと怒られたほうがずっとましだった。まだ努力の余地がある、と思えるからだ。なのにダニエルは黙って微笑し、首を横に振るだけだ。レイは酒に口をつけ、一口でやめようとして、結局飲み干した。

「ときどき、セレンにはどう接したらいいかわからなくなる。どんなふうに甘やかしたら、もっと頼ってくれるかがわからないんだ。なんでも言えとか、一緒に過ごしてくれと命じれば、セレンはやってくれるかもしれないが、強制するのは違うと思う」

「もともとは身分が離れていたのですから、セレン様が多少遠慮してしまうのは仕方ないと思いますよ」

「その遠慮を、してほしくないんだ。俺はセレンにたくさんひどいことをしただろう？　だから彼だけを愛すると誓ったし、伴侶に迎えたときから、セレンが望まないことはしないと決めてもいる。セレンにはのびのびと、好きなことをしてほしいし、わがままになってほしい。なのに、どんなに言い聞かせても、セレンは俺に弱音を吐いてくれない。今でもあいつにつらく当たる人間がいることくらい、俺だって知っているのに」

「セレン様は、レイ様の立場を考えて振る舞うのが一番の望みかもしれません」

「そんなの、俺はいやだ」

子供じみたことを言っている自覚はある。それでも、レイは言わずにいられなかった。

「俺だけがセレンを求めるんじゃなくて、愛してくれとねだってもらいたいし、俺を独占したいと思ってほしい。ほかの神子とつがえと言ったりしないで、僕だけを見て、と言ってほしい。もちろん、セレンが俺を愛してくれているのはわかっているが、それでもだ」

脳裏にセレンの姿が浮かんだ。さらさらと癖のない黒髪と、儚《はかな》げな面差し。いつでも濡れたように見える黒目がちの瞳。発情期でなくても優しいにおいのする、ほっそりした身体は敏感で、耳が特に弱い。おとなしく遠慮がちなのに、意志は強くて意外に頑固だ。彼が笑うと暗闇に火が灯るようにほっとして、いつも抱きしめたくなる。

セレンのなにもかもが、レイは好きだ。三杯目を注ぎ、ダニエルを見る。

「——さっき、セレンにほかの神子を抱けと勧められて、ひとりで寝ると冷たく言ってしまった」

「明日謝れば許してくれますよ」

「もちろん謝るが……セレンのことだから、怒らずに落ち込んでいるだろうな。怒ってくれたほうがいいのに。せめて、口づけだけでもねだってくれればと、いつも歯がゆい。——俺は、強欲だろうか」

弱音めいた問いに、ダニエルは困ったように、だが穏やかに微笑んだ。

「思うような愛され方をされないと、不安になるのはわかります。相手の心を掴《つか》みきれていない気がして、完璧に手に入れたい、と願う男は一定数いると思いますよ」

「おまえもそうだったか？」

「私の場合、手に入らないのは心ではありませんでしたから」

目を伏せたダニエルが、杯に口をつける。表情は見えず、どんな思いで彼がそう言ったのかは窺い知れなかった。

「陛下も、セレン様もまだ若い。愛について迷う時間があるのは幸いなことです」

「……おまえから見たら、そうだろうな」

ダニエルと彼の愛した神子とは違い、レイとセレンは少なくとも、禁じられた相手ではない。だが、祝福されない、というだけでもレイには苦しい。自分はいい。セレンのために、彼がもっと大切にされる存在であってほしいのだ。

（セレンを引き離されたりしたら、俺は絶対に誰も許せない）

どうしておまえは耐えられた、とダニエルに聞こうとして、さすがに無神経すぎるかと思い直し、レイはまた酒を飲んだ。

「愚痴《ぐち》を聞かせて悪かった。……獣係を酒の相手にする男はほかにもいるだろうが、嫁の父親にこんな話をしているのは、世界中でも俺だけだろうな」

「それは……まあ、多くはないでしょうが」

ダニエルもさすがに苦笑いした。親しみの湧く目元は、笑うと優しさが滲《にじ》むところが少しだけセレンに似て見える。レイもつられて苦笑を浮かべた。

「情けないいな」

「情けなくはありませんよ。陛下のような方に愛してもらえて、息子は幸せだと実感しているところです」

穏やかに言い、ダニエルは椅子から下りると跪《ひざまず》いた。

「どうか、お焦りになりませんよう」

頭を下げられ、レイはひやりとした。いっそのこと、セレンの陰口を叩く連中は全員くびにしてしまおうか、と考えていたのだ。それを見抜かれた気がしたが、すぐに気を取り直す。

「大丈夫だ、わかっている」

なにが大切かは弁《わきま》えているつもりだ。国を治めていくのに、綺麗事だけでは人に動いてもらえないことも知っている。だが、権力争いにくだらない神託まで持ち出すなど、害悪でしかない。

「どうして皆わからないんだろう」

杯を見つめて、レイは呟いた。

「俺はセレンに出会うまで、生きていく希望さえ持てなかった。王宮を出てさすらって生きようと決めてはいたが、たとえそのとおりにしていても、なんの喜びもなかっただろう。早く死ねればいいと思っていたんだ」

「……存じております」

「そんな俺を、セレンが救ってくれた。人を愛すること、生きる喜び、王として生きる意義も、命を育むのが尊いと思う気持ちも、セレンがいなければ俺の中にはなかったんだ。あのまま俺が王位を拒み続けていたら、エクエスが王になるまでに時間がかかっていたはずだ。王宮はもっと荒れていただろうし、今だって、俺が王としてつとめを果たそうと思うのはセレンのためだ。――この国を支えているのはセレンなのに、なぜ彼を敬わない？　セレンこそ、神がもたらしてくれた奇跡なのに」

膝をついたまま、ダニエルが顔を上げた。

「いろいろな考えの者がいます。同じ結論にいたるときも、考える速度やその過程が、皆同じではありません。レイ様とセレン様のことは、もう受け入れている人間が多いのですから、あと少しの辛抱ですよ」

「――そうならいいが」

ため息を呑み込むついでに酒も飲んで、レイは目頭を押さえた。

「今月、神の夜にあわせてイリュシアに行く。ダニエルも護衛として一緒に来てくれ」

「私が……ですか？」

「ああ。前からセレンを連れていくときは、おまえも連れていこうと思ってはいたんだが――今回は特に警戒をしておいたほうがよさそうだ」

「警戒、というのは？」

慎重に聞かれ、レイは押しすぎないように目を揉んでから、ダニエルを見下ろした。

「今日、神の庭の神官が神託を伝えに来た。セレンは俺の相手に相応しくなく、愛し続けるなら災厄が襲う、というお粗末なでっちあげの神託だ」

「でっちあげ……なのですか？」

「過去にあった神託を調べ直したが、個人が特定できるようなお告げなどひとつもなかった。まあ、その過去の神託だって本当かどうかはわからないが、今回のはひどい。どう聞いても脅しだ。俺がセレンを愛するのをやめないと、大地が怒りに震えて、セレンとエリアナを奪うぞ、というんだから」

「セレン様だけでなく、エリアナ様も？」

「悪しきものを罰して尊いものを奪うらしい。俺への脅しなら狙われるのは彼らしかない」

「――なるほど」

よくあれで信じてもらえると思ったものだ、とレイは思う。セレンは神子だ。皆に疎まれる厄介者の王子を厭《いと》うことなく寄り添い、愛してくれた神の子に対して、神があんなことを言うものか。

「幸いセレンは『尊きもの』がエリアナだとは思っていないみたいで、あまり怖がっていないが、それだけ自分が王妃に相応しくないと思われているからだと、悲しそうだった。セレンはなにも悪くないのに」

「エリアナ様が産まれてからもうすぐ三年、という時期に神託を持ち出したのは、やはりエクエス様に男の子が生まれたからでしょうか」

「ああ。喜ばしいことなのに、急に王宮内部は浮き足だってしまった。みんな、やっぱり俺を王にすべきではなかったんじゃないか、と動揺しているんだ」

レイは四杯目の酒を注ごうとして、やめた。

「長老たちがバシレウスの名をエクエスの息子につけるかどうかで揉めていて、エクエスたちはまだ子供を名前で呼ぶこともできない。弟にそんな思いをさせているのも結局、臣下に信頼されない俺の問題だ。議会で、長老や貴族が反対するような案ばかり出すのが、みんな煙たいんだろう。いやがられても黙るわけにはいかないが、あまり憎まれるとセレンや娘の身に危険が及ぶこともあるかもしれない――と、今日ご神託とやらを聞かされて思ったんだ」

「悪巧みをしそうな者に心当たりでもおありですか？」

「ある。ヘレオと、彼が擦り寄っている長老二人だ」

今日の謁見のときは、さすがに別の長老を同席させていたが、王宮の中で誰と誰がつながっているかくらい、レイだって把握はしている。ヘレオは自分の待遇が不満なのだ。

(俺が気づいていないと思っているくらいだから、ヘレオは悪事には向かないはずだが、油断はできない)

「ヘレオ様でしたら、いらいらした挙句に愚行に走ることもありそうですね」

ダニエルは真剣な顔でしばらく考え込み、それから頷いた。

「わかりました。出発までもう時間がありませんが、できるだけ用意は整えておきます」

「ああ、頼む。——その酒は持っていってくれ」

背もたれに身体を預けて、レイは天井に目を向けた。

「肴も好きなものを持っていくといい。夜に呼び立てて悪かった」

「いつでも、必要なときはお声がけください」

ダニエルが立ち上がる。丁寧に酒瓶を手にして戸口へ向かうのを、レイはふと思いついて呼びとめた。

「もうひとつ頼みがある」

「なんでしょう?」

怪訝《けげん》そうにダニエルが振り返った。

「ヨシュアとナイードにも声をかけておいてくれ。一緒に行ってもらおう」

「……かしこまりました」

困った人だ、と言いたげに笑って、ダニエルが衝立の向こうへ消えていく。これはきっとセレンも喜ぶな、と思うと、少し気分がよくなった。

頭の痛いことはいろいろあるが、セレンには、休暇だと思えと言ってやろう。普段よりもっと甘やかして、セレンの好きな口づけをたくさんして、神殿についたら天井を二人で見よう。

滞在は三日間にして、エリアナも連れて町を散策して、セレンがくつろいだ表情を見せてくれたら、頃合いを見て伝えるのだ。

（セレン。おまえだけを愛していられないなら、俺はいつでも王なんてやめる。おまえは――）

弱音や愚痴はダニエルに言えても、絶対に口にできない恐れがレイにはひとつだけあった。考えることさえ怖いこと。

自分はセレンの心を、まだ手に入れていないのではなく、失いつつあるのではないか。レイが不甲斐なくも、セレンを憂いのない幸福の中に置いてやれないから、失望しているのではないか。

だってエリアナを産んで以来、二年以上が経っても、セレンのほうから求めてくれたことがないのだ。口づければ嬉しそうにするものの、快感に蕩《とろ》けて反応することがない。つながる孔は挿入されると痛みが強いらしく、年に数度あるはずの発情も、未だに戻らなかった。

愛情がすべてなくなったとは思わないが、心の翳《かげ》りや迷いが、身体に現れているのかもしれないと考えると、レイはいつも苦しくなる。

（……おまえは、今でも俺を愛しているか？）

初めて好きだと言ってくれたときと同じ強さで、想ってくれているだろうか。

◆　◆　◆

街外れのまばらに家が並ぶ地帯を抜けると、そこはもう砂漠だ。振り返れば街の影と連なる山々が見えるが、向かう先の南にあるのは、砂の丘と荒地と空だけだった。

セレンには懐かしい眺めだ。不思議と心が落ち着き、見飽きることがない。

けれど、エリアナには変化がなく退屈なようだった。最初こそ興奮して馬車の窓を覗いていたが、そのうち飽きてぬいぐるみで遊びはじめ、ほどなくするとそれも飽きてしまった。

「つまんない……」

ぷう、と膨れる頬は白っぽく、額は汗で湿っている。具合があまりよくなさそうだ。エリアナはまだ上手に自分の不調を訴えられないから、大人が気をつけておくしかなかった。そわそわと見守り、乳母がお茶を飲ませようとしたのをいやがったのを機に、セレンはエリアナを膝に抱き上げた。少しだけ迷ったものの、窓を開ける。

「すみません。エリアナを休ませたいんですけど、とまってもらうことはできますか？」

「もちろんです」

ロバに乗った侍従がすぐに応じて、前方へと向かっていく。使用人たちは皆、日よけの頭巾をかぶり、砂よけの口覆いをつけているが、声と背格好で、いつもセレンの世話をしてくれる人だとわかった。親しげにはしてくれないが、エリアナだけでなくセレンにも丁寧な男性だ。

レイが選んでくれたのかもしれない、と思って、セレンはありがたく感じた。

気を張っていなくてはいけない道中で、慣れた人が手伝ってくれるのは助かる。

ほどなく馬車がとまった。開けてもらった扉から降りると、荒地に白く続く道の前にも後ろにも、隊列が長くのびていた。

『神の夜』にあわせ、神殿の町・イリュシアへと向かう立派な隊だ。王族は若き王のレイだけで、前王の近親者たちは二年前から、遠慮するようにとレイが申し渡していた。そのため、印の旗も青地に鷹《たか》の紋章の、レイのものだけだ。

子供が生まれてまもないエクエスは王宮に残ったが、使用人や護衛、楽隊、神官とそのお供もいるので、人数は多い。食料や水、日用品、神殿への供物などを積んだ荷馬車だけでも五台もあった。

すぐに休める場所をご用意します、と告げた侍従にお礼を言ってエリアナを抱き直すと、レイが急ぎ足でやってきた。心配そうな表情だ。

「どうした?」

「エリアナが酔ったみたいなんです。日陰で休ませて、水を飲ませたくてお願いしてしまいました」

「とうさま、おみず」

エリアナが甘えてレイに両手を伸ばす。レイが抱いて下ろしてやると、おとなしく岩陰へと連れられていった。日陰になった岩の後ろは風も心地よく、使用人たちが手早く敷物を広げ、低いテーブルを出してくれる。

セレンも一緒に座ると、ヨシュアとナイードも顔を見せて、レイが手招きした。

「二人とも、こっちに座ってくれ」

ヨシュアは「はい」と屈託なく応じたが、ナイードは恐縮した様子だった。それも当然だ、とセレンは同情してしまう。ナイードは郵便配達人だ。砂漠の道の行き来には慣れているが、護衛でもない平民が王と一緒に神の庭に行く、なんて普通はありえない。

王族が新たな神子を迎えに砂漠の神殿へ出向くのは、アルファとオメガの結びつきを神聖視するリザニアールでは特別な行事とされている。レイが「セレンと娘も連れていく」と告げたときは、妃に選ばれたとはいえ、子供を産んだ神子を同行させるなどありえないと大勢が反対したらしい。セレンも、ヘレオから嫌味を言われたし、エクエスには「兄上の決心は変わらなさそうか」と相談されてしまった。胃が痛そうな顔をしていたので可哀想だったけれど、レイは譲らないどころか、神殿行きの一行にヨシュアとその伴侶のナイードも加える、と決めたのだった。

(レイ様ってば、僕とエリアナを連れていくだけでもいろんな人に反対されたはずなのに)

いつも臣下と兄の板挟みになるエクエスは、しまいにはげっそりしていた。

前例のないことばかり決めてしまうレイ本人は、いたって平然としている。ナイードがこわごわと敷物の端に座ると、エリアナの頭を撫でながら笑った。

「俺と会うのが初めてというわけじゃないんだ。いい加減慣れてもいいんじゃないか？」

「そういうわけにはまいりません。神の庭に行くのは公式の行事ですし……僕は本来、ここにいていい人間ではないのに、王様と同じ敷物の上なんてとても」

「レイ様がいいって言ってるんだから、気にしなければいいのに」

ヨシュアは自分が神子だからか、ナイードのいたたまれなさがわからないようだ。エリアナに近づいて「久しぶりだね」と笑いかけるヨシュアを見ながら、セレンはナイードにお茶を持っていった。

「どうぞ。今回は急なお願いなのに来てくれて、ありがとうございます」

「お礼だなんて、とんでもないです。同行させていただいて楽しているのは僕のほうですから……ヨシュアのために、助かります」

お茶の器を受け取って、ナイードは眉を下げて半分困ったような笑みを浮かべた。

「でも、王宮では大変だったんじゃないですか？　こんなことは初めてでしょう」

「……ええ」

セレンはレイたちのほうを振り返った。エリアナはヨシュアに抱っこされて嬉しそうだ。二人を眺めるレイは満足げにくつろいでいるが、その後ろ、岩のそばに立ったヘレオは不機嫌もあらわにつま先で地面を叩いていた。エリアナがヨシュアにあやされて、きゃあっと歓声をあげると、ヘレオの眉がぴくぴくとつり上がる。眺めていたナイードがのんびりと言った。

「王宮神官長はお怒りみたいですし、イリュシアの神官様たちも喜ばないでしょうが、ヨシュアが楽しそうなので、それはとても嬉しいです。ヨシュアは子供が好きだし、なにより、セレン様と一緒に神の庭に里帰りできるのが嬉しいようですよ」

「……僕も、正直言えば、ヨシュアが一緒でよかったです」

恐縮しているわりにとぼけた声で言うナイードと顔を見合わせて、セレンもつい笑みが浮かんだ。ほがらかなヨシュアと、のんびりと穏やかなナイードは気を許せる相手だし、二人きりだと嫌味ばかりのヘレオは、告げ口を恐れてか、ヨシュアがいるだけでもなにも言ってこなくなる。

それに——。

「陛下」

すっと近づいてきたのはダニエルだ。身をかがめてなにかレイに耳打ちし、レイはかるく頷き返した。それから、セレンにも聞こえる声で「おまえも茶を飲んでいけ」と敷物の空いている場所を指差した。

ダニエルは一瞬、ちらりとセレンのほうを見た。エリアナにも視線を向け、ゆっくりと首を左右に振る。

「ありがたいですが、まだやることもありますので」

「ひと休みする時間くらいあるだろう。遠慮しないで座れ」

「だにーるっ」

動物が好きなエリアナは、ダニエルにもよく懐いている。ヨシュアの元を離れて駆け寄っていき、ダニエルは表情を緩めて膝をついた。幸せそうな彼と、ぽすんとしがみつくエリアナに、セレンもつい口元が綻《ほころ》んだ。馬車酔いはすっかりよくなったようだ。

(エリアナ、嬉しそうだなあ。ダニエルさんも優しい顔)

ダニエルは、公にはしていないがセレンの父だ。母の記憶がないセレンにとっては、たったひとりの肉親だった。大人になって初めて会ったから、どう接していいか戸惑いはあるけれど、頼もしくて好きだ。

ダニエルがセレンの母アリアと添い遂げられなかったこと、せめて子供に会いたいと願っていたことを知っているレイは、今回、親子三代が一緒に過ごせるようにと、ダニエルも護衛として同行させてくれた。王宮では身分が違うからと、ダニエルのほうが距離を置いているためだ。エリアナはダニエルが祖父だとは知らないが、大好きな動物を連れてきてくれる人として、両親や乳母と同じように懐いている。

「だにーる、うさしゃんは? えりー、うさしゃんすき!」

「旅にうさぎは連れてこられないのですよ、エリアナ様。明日、朝の涼しいうちなら、ロバに乗せて差し上げます」

「ろば？」

「あちらにつないである、小さな馬のような生き物です」

振り返ってダニエルが指さすと、エリアナは目をきらきらさせた。きゅっとダニエルの手を掴んで、「いく！」と訴える。

「ろばしゃん、なでなでっ」

おほんおほん、と、わざとらしい咳払いが響き渡った。ヘレオだ。びっくりしたエリアナを冷たい目つきで一瞥《いちべつ》し、彼はぐっと背を反らせた。

「僭越《せんえつ》ながら、たしかエリアナ様の具合が悪いからと休憩を取ったのではありませんでしたか？　陛下がたが一緒にお休みになるのはもちろん、当然のことではありますが――たとえ姫であっても、下々の者と親しくなるのは考えものです。王宮を離れたからといって、このように品のない振る舞いはいかがなものかと」

不機嫌な口調に、レイはむしろ感心したように言った。

「俺に面と向かってそういうことを言う勇気が、おまえにあるとは思わなかったな」

「勇気とはなんですか。私はただ、自分の責任を果たしたいと考えているだけです。大切な伝統を守り、神子を守り、ひいては王族とこの国の将来を守るためにも、神官は厳しくあらねばなりません」

ヘレオは顎を上げ、ダニエルとナイードを睨みつけた。

「陛下は下賤な者に寛大になる前に、立場がありその責務に忠実な人間を、正しく評価すべきでは？」

よほど腹に据えかねたらしい。王に向かって言うには大胆すぎる不満だったが、レイは怒った様子もなく、ただ面倒そうに手を振った。

「俺が正しく評価していなかったら、おまえはとっくに王宮にいられなくなっているぞ。羨ましいなら、おまえも座って茶を飲んでいい」

「――けっこうです！」

ヘレオはさっと顔を赤くし、踵《きびす》を返した。自分で連れてきた使用人を従え、足音も荒く離れていく。レイは気にせずにセレンを呼んだ。

「セレン、それにナイードも、いつまでも端にいないでこっちに来い」

「はい」

セレンが立ち上がると、ナイードもおずおずとついてくる。セレンはレイの隣で、お茶の器を彼から受け取った。

「セレンは具合悪くなってないか？　前に馬車に乗ったときは酔ってただろう」

「今日は大丈夫でした。エリアナも、もう顔色がよくなりましたね」

エリアナはまだダニエルにあやしてもらっている。彼が腰につけた道具袋から綺麗なリボンを取り出して、ぬいぐるみに結んでやると、エリアナは手を叩いて喜んだ。二つあるぬいぐるみを受け取り、片方をヨシュアに渡す彼女を、ダニエルは愛おしそうに見守っていた。

子供を授かれてよかった、と噛みしめるのはこんなときだ。可愛い娘のまわりの世界が美しく、みんなが幸せを感じられる瞬間は、セレンも満ち足りた気持ちになる。「家族」という関係性の尊さは、エリアナが初めてもたらしてくれたものだ。

(エリアナには、ずーっとずーっと、幸せでいてもらいたいな)

彼女がのびやかでいられるよう、精いっぱい守ってやりたい、とセレンは思う。

「エリアナは本当にセレンに似ているな。後ろ姿まで可愛い。頭が丸くて、無性に頬ずりしたくなる」

レイは抱き寄せたセレンの肩を撫でた。セレンは微笑ましく思いながら、そっとレイの手を押さえた。

「やるならちょっとだけにしてあげてくださいね。一昨日、かまいすぎていやがられたじゃないですか」

「ああ……これで嫌われてしまうのかと不安だったが、まだ俺を好きでいてくれてよかった。娘というのは、大きくなるとすぐ父親が嫌いになるものだと乳母に脅されていたが、エリアナはいい子だな。そこもセレン似だ」

ちゅ、とこめかみにキスされて、セレンはびっくりしてそこを押さえた。

「レイ様！　みんないるのに……」

「休憩時間に、伴侶に愛情をこめて口づけるののなにがいけない？」

レイは額や頰にも唇をくっつけてくる。気づいたヨシュアが、からかうようににんまりした。

「またレイ様がいちゃいちゃしてる。葡萄畑でもこっそりキスしてたの、僕知ってるんだからね」

「知っていても黙っているのが優しさだぞ、ヨシュア。俺はかまわないが、セレンが恥ずかしがる」

これみよがしにまたキスされて、セレンはかあっと赤くなった。

「だめです。ダニエルも見てます」

「見せてるんだ。俺がどれほどセレンを愛しているか、王宮中の人間によく知っておいてもらうためだ」

「つ、首はいやです」

レイはだんだん大胆になり、うなじにも唇を当ててきて、セレンは精いっぱい押しのけた。

ダニエルが笑顔のまま、すうっと目を細めた。

「陛下。たしか、セレン様がいやがることは決してしないのでは？」

「……今の『いや』はべつに……、なんでもない」

微妙に怖い目に、レイがしぶしぶとキスをやめる。エリアナがとたとたとやってきて、ぎゅっとセレンに抱きついた。

「とうさま、しぇえんあげない。しぇえん、えりーのっ」

「そうだよねー、セレンはエリアナのお母さんだもんね」

ヨシュアが笑ってエリアナの頭を撫で、それから嬉しそうにセレンを見つめてくる。

「セレンがいっぱい愛されててよかった。この前少し疲れてるみたいだったから心配してたけど、エリアナもいてすごく幸せそうだし、ダニエルもそばにいてくれるから安心だね」

「……ヨシュア、まだ心配してくれたの？」

「するに決まってるでしょ、友達だもの。王宮の中って、面倒なこともたくさんあるでしょう？　エリアナがちっちゃいうちは子供にかかりきりで気にならなかったことも、神子としての仕事が増えたら大変に感じることってあると思うんだ。セレンはそういうの、気にしすぎちゃうんじゃないかなって思ってたけど……一緒に来た乳母の人も優しそうだし、レイ様は相変わらずだから、大丈夫そうだね」

そう言うと、ヨシュアはセレンの手を優しく握った。

「大事な友達が幸せだと、僕も嬉しい」

「――僕も、ヨシュアにずうっと幸せでいてほしいよ」

街と王宮とに離れて暮らしていても、こんなふうに思いやってくれる友達がいるなんて幸運だ。

「ヨシュアも悩みがあったら相談してね。僕はあんまり役に立てないかもしれないけど……最

「じゃあ聞いてくれる？　実はね――」

くっついたヨシュアがセレンの耳元に口を近づけた。

「出発前に、ナイードと喧嘩しちゃった」

「！　嘘……」

あんなに仲がいいのに、と驚いてヨシュアを見つめると、レイが笑って立ち上がった。

「妻たちはなにやら話があるようだから、俺たちは散歩でもしてこようか。エリアナ、こっちにおいで。ロバを見にいくのに、父様にもおともをさせてくれないか」

「ろば？」

ぴくっと反応したエリアナはセレンの膝からすべり下りる。おぼつかないながらもレイに駆け寄っていく後ろ姿を見送って顔を上げると、彼と目があった。

「日程は長めにとってある。道中は時間を気にしないで、ヨシュアやダニエルと話したり、エリアナと遊んだりしていいからな。王宮を離れるのは、来てから初めてだろう？　王として仕事があるのは俺だけだから、セレンは休暇だと思って楽しんでくれ」

言うだけ言ってレイはエリアナを抱き上げて背中を向けてしまい、セレンはぎゅっと胸を押さえた。代弁するように、優しいね、とヨシュアが呟く。

「レイ様って、本当にセレンのことが好きなんだなって、会うたびに思うよ」

「――うん」

セレンも、いまだにどきどきしてしまう。包み込むように愛されていて、宝物のように扱われるのが夢みたいで。

きっと他人から見たら、今回の神の庭行きに関するすべてが、レイの横暴や気まぐれにしか思えないだろう。けれどこれはレイの思いやりなのだ。

（レイ様はいつもそうだよね。駄目な王子のふりをしてエクエス様に王位を譲ろうとしていたときも、自分が悪者になればいいって思ってた）

あとでお礼を言わなくちゃ、と思いながら高鳴る胸を押さえて、ヨシュアを振り返る。

「ナイードだって優しいのに、どうして喧嘩したの？」

「……だって、僕の両親に会うのは気が重いって言うんだもの」

拗《す》ねた表情で、ヨシュアは視線を落とした。ヨシュアの両親は元神子で、イリュシアに住んでいる。

「まだ会ったことなかったんだ？　前に、二人でイリュシアに行ったよね？」

「あのときは、僕が出した手紙に、両親とも怒ってて。王宮を出るっていうことは神子のつとめを放棄すること、そんなことは許さないって返事が来ちゃったから、イリュシアに帰ることも内緒にしてて、会わずに戻ってきたんだ」

ヨシュアは自分が着ている、清潔だけれど質素な服を撫でた。

「それからも両親から何回も手紙が来て、考え直せって言われたよ。一番幸せになれるのは王族の子を産むことだって。もし産めなくても、つとめを果たしたらオメガじゃなくなったあとも神の庭で暮らせる。なにも困らない生活が保証されているのに、どうして神子の特権を手放すような真似をするのかって――おまえには幸せになってほしいのにって言われて、寂しかったな。僕が幸せなのはナイードと一緒にいることだって、わかってほしかったから」

両親の気持ちも、セレンには少しわかる気がする。神子は国から大切にされている。神子であるあいだだけでなく、役目を終えたあとでも、神の庭で不自由なく暮らせるように、衣食住、医療や娯楽まで、そのほとんどが国から援助されているのだ。

貧しくて食べられないとか、誰かに理不尽に怒鳴られるとか、そういう不安が神子ならばない。子供にはなるべく平穏で愛される人生を送ってほしい、と親が願うのは当然だ。

「でも、反対されてるなら、ナイードが会うのに気が重くても仕方ないよ」

セレンがそう言うと、ヨシュアは「うん」と頷いた。

「前なら、僕も仕方ないと思っただろうね。でも最近は両親からの手紙が変わってきたんだ。僕が返事を出さないから心配してたみたいなんだけど、内緒でイリュシアに行ったことがあるのを誰かに聞いたみたいで、会いたくないと思われてるのかってショックだったんだって。おまえの幸せを願っているだけだから、できれば伴侶も一緒に会いに来てほしいって書いてきてね。僕は『会いたいならそっちが来れば？』って送ろうとしたんだけど、ナイードがとめて、次に行く機会があったら会おうって言ってくれたんだよ」

ちょっとだけ嬉しそうな顔をしてヨシュアは言い、それからまた表情を曇らせた。

「自分で言ったのに、会うのは気が重いって言い出したと思ったら、理由がひどいんだよ。僕の両親が、ナイードに会ったらがっかりするって言うの。それって、僕に失礼でしょ」

ぷう、とヨシュアは子供みたいに膨れた。

「僕が世界で一番愛してるナイードなんだから、ナイードは本人でもけなしたら駄目だよ。ナイードのことけなすなら、ナイードでも嫌いって言っちゃった」

ややこしい。けれど、ヨシュアが心からナイードを愛して自慢に思っていることはよく伝わってくる。

「両親だって会ったら絶対ナイードのこと好きになるよ。前に会わなかったのは、頭に血がのぼった二人にがみがみ言われたらいやだからやめただけだもん。万が一、ナイードのよさをわかってもらえなかったら悲しいけど、だからって僕がナイードと生きていく幸せが減るわけじゃないでしょ。悲しかったらナイードに慰めてもらえばいいだけだ。……なのに、喧嘩しちゃった」

最後は心細そうに声がしぼんだ。

「ナイードは悪くないのに、ごめんって言わせちゃった」

きゅっと服を握りしめる仕草が寂しげで、セレンはヨシュアの背中に手を添えた。

「ヨシュアももう謝ったんでしょう？」

「……まだ」

「そっか。そういうこともあるよね」

自分が悪いと思ったらすぐ謝るヨシュアにしては珍しい。意地を張ってしまうのも好きだからなのかな、と思いながら、セレンは背中を撫でてやった。

「ナイードは怒ってないみたいだし、きっとヨシュアの気持ちもわかってくれてると思うよ」

「……わかってくれてるからって、謝らずにすませるのはよくないよね？」

「それなら、今日伝えちゃえば？」

「——うん。そうする」

ふう、と息をついて顔を上げ、ヨシュアは遠くへ目を向けた。岩陰から見える景色も、一面の荒地だ。まばらな草と大きな岩、どこまでも続く砂。強い日差しになにもかもが白茶けて、かさついている。

「街の外に出たからかな。なんとなく、いつもより自分が落ち着いているような気がする」

ヨシュアの呟きに、セレンも黙って頷いた。人によっては侘《わび》しいとか怖いと感じるだろうこの砂漠の景色が、セレンにとっては懐かしく親しみのある眺めだ。砂まじりの風を浴びていると、心が凪《な》いでいくのがわかる。

昔から、この風を浴びているときは俯かなくてもよかった。

（ジョウア、まだいるかなあ。会いたいな）

仲良くしてくれたイリュシアの町の鐘係の老人を思い出し、セレンはようやく、行くのが楽しみになってきた。

本当はしてもらってはいけない特別扱いをされているのだから、楽しみにしたりはしゃいだりすべきではないけれど——。

（レイ様がせっかくくださった機会だから、大事にしよう）

神殿の天井を見る夢が、もうすぐ叶う。しかもレイも、娘も——家族も一緒なのだ。

その夜、セレンはいつものお茶のセットを手に、レイの天幕に向かった。砂漠では王都以上に日差しがきついし、日中はほとんどその下にいることになる。きっと目がつらいはずだ、と思ったとおり、中に入ると、レイは寝台に腰かけて眉間を押さえていた。

「やっぱり痛みますか？」

「ああ……気をつけてはいたが、どうしても疲れるな」

「お茶どうぞ。飲んだら、首と、背中も少し揉むので横になってください」

豪奢《ごうしゃ》な天幕の中は広く、ちゃんとテーブルと長椅子が用意されている。けれど移動するのも億劫《おっくう》だろうから、セレンはテーブルを寝台のそばまで運ぼうと持ち上げた。気づいたレイが目を開け、驚いて立ち上がる。

「なにしてるんだ、重いだろう」

「旅用のですからそんなに重くないですよ。寝台の脇に置けば、そっちでお茶も飲めます」

「そういうのは使用人に——いや、俺が運ぶ」

レイは呆れた顔をして、セレンからテーブルを奪うと運んでくれた。セレンは慌ててお茶セットのトレイを持っていく。

「すみません、レイ様にやっていただくなんて……」

「いいんだ。セレンは相変わらず優しいな。尽くすことばかり慣れている」

「普通の神子だったら、自分でテーブルは運ばないですよね」

銀の杯にお茶を注ぎつつ、セレンはちらっとレイを窺った。

「まだ、人になにかをしてもらうと申し訳ない感じがするんです。エリアナといるときなら、これでもやってもらえるようになったと思うんですけど……神子らしくも、お妃らしくもなくてごめんなさい」

「責めたわけじゃない。働き者だと思っただけだ」

レイは手を伸ばしてセレンの頭を撫で、隣に座るように促した。そっと寄り添うと、額にキスしてくれる。お互いに手を握りあうとぬくもりに心が落ち着いて、ここは以前と変わったところだな、とセレンは思う。

レイとは、こんなふうに寄り添うのが当たり前になった。セレンが遠慮してぎこちなくなったり、レイがちょっと怒ったり、忙しくてなかなか会えなかったりしても、こうして二人きりになって体温をわけあうと、「いつも」の二人に戻れるのだ。

「王宮だと口うるさいやつも多いから、疲れるだろう。——つらかったり、不満だったりすることはないか？」

「不満なんて、全然ないです」

青い目を見返して微笑み、セレンはレイの膝に手を乗せた。

「レイ様もご存じですよね。僕、今が人生で一番幸せです」

「本当に？」

レイは気遣わしげに額をくっつけてくる。安心してもらいたくて、セレンはかるくその額を押し返した。

「本当ですよ。今回だって、連れてきてもらってよかったです。エリアナもヨシュアやダニエルといっぱい遊べて楽しそうだし、僕もすごくわくわくしてます。……だから、お礼を言わなくちゃと思ってました」

彼の頬に口づけようとして、セレンは思いきって、唇へと自分の唇を近づけた。ほんのりしたあたたかさが、弾力をともなって伝わってくる。

「ありがとうございます、レイ様」

囁《ささや》いた途端、くるりと身体が回転した。背中から寝台に押し倒されたかと思うと、レイから強く唇を奪われる。

「セレン。……愛してる、セレン」

「ん……レ、イ、さま」

口づけながら甘く低い声で名前を呼ばれ、いつになく性急に舌で探られて、セレンもぞくりと震えた。震えは腰まで響き、腹まで伝わると湿っぽい熱を帯びる。久しぶりの感覚だった。

(あ……これ、濡れちゃうときの感じだ……)

無意識に膝を閉じようとすると、レイが脚でそれを阻んだ。服の裾から手を差し入れて、ゆっくりと腹を探ってくる。

「この前、喧嘩したときのことを覚えているか?」

「喧嘩……?」

熱いほどあたたかいレイの手のひらがどちらに動くか気にしながらも、セレンは首をかしげてしまった。

「レイ様と喧嘩なんて、したことありませんよね?」

「しただろう。ヘレオたちが神託を伝えにきた日だ。セレンが俺のことを考えてくれたのに、ひとりで寝ると言ってしまった」

「あれは――喧嘩とは、言えないと思います」

「俺が腹を立てて、セレンが悲しく思ったんだから喧嘩だ。謝るのが翌日になったから、一晩無駄にした。仕方がない理由があるならともかく、セレンと一緒に過ごせる時間は無駄にしたくないと思っていたのに」

する、と指先がへそから下へと撫でていく。息を呑んだセレンを至近距離から見下ろし、レイが囁いた。

「今夜は一緒に寝てくれ」

「でも……、っん」

ここは天幕だ。広いとはいえ、布を一枚隔てた外は王宮ではなく砂漠で、屋外だから当然、護衛も近くにいる。それに、ただの旅をしているわけではなく、大切な神事の途中なのだ。旅中、アルファが神子を抱くことは、神子が発情していない限り許されない。

なのにレイの手つきは昂《たかぶ》りを促すときのもので――セレンも、今日は声を我慢できない予感がした。

レイはあやすように唇をついばんでくる。

「心配しなくても、可愛い喘《あえ》ぎ声が聞かれないように唇は塞いでやる。最後までしなくてもいいんだ。セレンがせっかく気持ちよくなってくれたから、離したくない」

甘い声音に、セレンは赤くなった。彼の言うとおり、感じているのは快感だ。この、身体の奥から落ち着かなくなるような感覚は、いつ以来だろう。

「でも、神の庭に行くのに……、ふ、……っ、レイ様っ」

「いいから、手をこっちに回せ。いい子だから」

レイの肩に添えていた手を、首筋へと誘導される。同時にしっかりと唇が重なって、セレンは反射的に目を閉じた。舌が触れあう。

「ん……、……っ、は、……っん、ぅ」

くちゅくちゅと口の中を舐めまわされて、さっきよりも強く背筋が痺れた。レイの右手は器用に下衣の中に入ってくる。優しく股間が包み込まれ、さあっと肌が粟立《あわだ》った。

疼くように熱いそこは、たしかに硬くなりはじめていた。

「レイ様……そこは、……ッ、く、……んっ」

「楽にしていればいい。できれば吸ってやりたいが、セレンが自分で口を塞いでいるのは大変だものな。このまま、手でいいか？」

あやすように言いながら、レイは愛撫をとめなかった。下着ごしに先端を撫でられたかと思うと、すぐに直接握り込まれ、びくんと尻が浮いてしまう。

「あ、……つぅ、んッ」

あがりかけた嬌声《きょうせい》は、レイがキスして隠してくれた。じゅっと唾液ごと舌を吸われて一瞬気が逸《そ》れる。感じては駄目だと強張っていた身体がゆるみ、レイはその隙を見逃さなかった。

「——っ、ん、んん……っ」

ごくかるく、窄《すぼ》まりのふちを撫でられただけなのに、まぶたの裏で火花が散った。小刻みに太腿《ふともも》が震える。

「濡れてはいないが、やはりおまえはここのほうが反応がいい」

レイはそこをくるくると撫でながら嬉しそうだった。

「一度射精したら、香油を持ってこさせよう。入れてみて痛まなかったら、中の好きな場所も可愛がってやる」

「や……だめ、です」

指を入れられたら、口づけされていても喉から響く声が、外まで聞こえてしまうだろう。痛くても快感があっても、孔の中を触られると声が出てしまうのだ。セレンは潤んできた目でレイを見上げた。

「僕が……口で、レイ様のを……」

「俺はいいんだ。セレンが気持ちよくなってくれるのが、一番嬉しい」

窄まりから嚢《ふくろ》のつけ根へと愛撫したレイが、耳へと口づけてくる。耳朶《じだ》をくわえて舐められ、セレンは力なく身をよじった。

「耳……、や、……ぁっ、んん……」

抗《あらが》わなくてはいけないのに、気持ちよかった。このまま「レイ様」と名前を呼んで抱きつけたら、どんなに幸せだろう。いっぱい口づけてもらって、応えて、脚をひらいて中まで触ってもらえたら。

「セレン」

揺らいだのが伝わったのか、レイは低く優しい声だった。出そうだ、と言いながら耳の裏を吸い上げ、セレンのつつましい花芯の先端に触れた。

「ここからほら……出てくる」

「あ……っ、レ、イさま、……ぅ、んっ」

達してしまいそうになっているのが、自分でもわかった。息はどんどん荒くなり、意思に関係なく腰が揺れる。

「っ、こえ、……声、出ちゃう、……ッ、ん――」

青い目を細めて、レイはすぐにキスしてくれた。受けとめながら、セレンは溶けるように喜びが染みてくるのを覚えた。レイの目の奥は燃えるようだ。この瞳。初めて会ったときから変わらない、激しくて強い情熱を秘めた目だ。それがセレンを見つめている。眼差しが熱く感じられるのは、レイも同じように興奮しているからだ。

(……つながりたい)

抱いてほしい。セレンの快楽のためでなく、求めてくれるレイを満たすために。

じゅわりと鳩尾《みぞおち》あたりに熱が生まれた。広がっていく熱は消えることなく、下腹部に集まってねっとりと溜まっていくように感じられた。レイを受け入れたい、貫いてほしいと思うときの、あのどうしようもない感覚だった。

ここまで昂ったらもう最後までいくしかない、と諦めてしまえば、くたん、と芯から力が抜けた。変化はわずかだったはずなのに、レイはいっそう大胆になる。左手が着たままの服の中で胸に這《は》わされ、セレンは目を閉じかけた。

荒っぽい足音が響いたのはそのときだった。

「なにをお考えですか、陛下!」

怒鳴りつけるようなヘレオの声に、ぎくりと身体が強張った。レイが眉をひそめて振り返る。ヘレオは長椅子の脇、ちょうど天幕の中央あたりで、両足をひらいて立っていた。顔はランプの灯りでもわかるほど、怒りで赤い。

「今は神の庭に向かう道中です。神聖な旅のあいだは発情しない限り、神子とつがってはならないことを、まさかお忘れではありますまい」

「セレンは俺の妃だ」

レイはセレンを背中に隠すようにして起き上がった。

「おまえこそ、王の天幕に断りもなく踏み込むのが無礼だと、忘れたわけではあるまい」

「っ、けがらわしい声が聞こえたので非常事態です!」

叫ぶように言い返し、ヘレオは震える指でセレンを指差した。

「セレン様もセレン様だ。神子でありながら王を誘惑するなど——発情もしていないくせに……っ」

「いい加減にしろ、ヘレオ」

すう、とレイの声が低くなった。

「たかが神官が、王妃に向かって不敬だぞ。くびになりたいか」

後ろに守られたセレンですらひやりとするような怒気に、ヘレオは一瞬ひるんだが、それでも言い返した。

「わ、私は、王宮神官長として、不敬だと言われても正しいことをするだけです」

「おまえの言う正しいこととはなんだ?」

「間違ったことをただすことです。陛下が王妃と呼び愛しているのは、ご神託で邪悪な精霊の化身だと告げられた者だ。寵愛なさっていると言えば聞こえはいいが、こんな場所で淫らなことに耽《ふけ》るなど、ただの蛮行です」

「夫婦が愛を確かめあうのを淫らだの蛮行だの言われる筋合いはないな。おまえだって、あんな神託は信じていないだろう」

レイはヘレオを見据え、冷笑を浮かべた。

「自分たちででっち上げただけの、嫌がらせだものな」

「っ、陛下こそ不敬だ! 神に対する冒涜です」

肩を震わせたヘレオを見て、セレンはそっとレイの腕を掴んだ。天幕の出入り口は、いつのまにか大きく開けられている。護衛の兵士が、いつなにがあっても対処できるよう剣に手をかけていて、その後ろには使用人たちも集まってきているのが見てとれた。

(このままじゃ駄目だ。みんなが不安になってしまうし、レイ様の立場も悪くなる)

「レイ様。僕は下がります。今夜は……いえ、道中はエリアナと一緒に寝ますから」

「なぜだ。セレンが遠慮する必要はない」

「でも、大切な旅の途中で、レイ様と神官が揉めるわけにはいきません。……帰ったら、またご一緒させてください」

握られたレイの拳に口づけて、セレンはそのまま寝台を下りた。引きとめようとするレイに跪き、彼の服の裾にも口づける。

「どうか、お許しくださいませ」

敢《あ》えて大きめの声で言い、顔を上げて見つめると、レイは傷ついたような表情だった。許しを乞えば、覗いている使用人たちも、セレンがせがんだのだ、と思うはずだ。その意図がわかっているのだろう、レイは「どうして」と言いかけて、思い直したように顔を背けた。

セレンの頭を撫で、手を取って立ち上がらせる。ほどけた腰の紐を結ぶと、額に口づけた。

「俺のわがままにつきあわせて悪かった。——おやすみ。エリアナを頼む」

「…………はい」

レイはどこまでも、セレンをかばう気なのだ。困った人だと思いながらも、頭を下げて踵を返すと、眉をつり上げたヘレオと目があった。彼にも目礼したが、外に出てもヘレオは後ろをついてきて、レイの天幕から離れると肩を掴まれた。

「お待ちください。言っておくことがあります」

「……なんでしょうか」

「陛下はきっと伝えていないでしょうが、セレン様にもご神託のことは知っておいていただきます」

彼はセレンが控えの間で聞いていたことを知らないのだ。顎を上げたヘレオは神経質な手つきで口髭をひねり、憎悪を隠そうともせずにセレンを睨みつけた。

「神はこう仰せになったそうです。王妃となった者はリザニアールにとって祝福された相手ではなく、アルファを惑わし堕落させる、邪悪な精霊の化身だとね。王がこのまま寵愛すれば、大地が怒りに震え、悪しきものを罰するだけでなく、尊きものを奪うだろう、と警告してくださったのですよ。——わかりますか？　あなたは罰され、エリアナ様も死ぬ、という意味です」

「……っ、エリアナは」

さっと全身が熱くなった。

「娘は関係ないでしょう。まさか、尊きものというのがエリアナだって言うんですか？」

「もちろん、関係はある。あなたと陛下のあいだに生まれた子ではないですか。まあ、我々にとって尊いかどうかは疑問ですが、王が大切にされていますからね。神託は王に対する警告だから、エリアナ姫のことで間違いありません」

ふん、とヘレオが嘲笑い、セレンはヘレオのほうに踏み出した。

「神様がそんなことを告げるなんて信じられません。レイ様はご神託なんて嘘だって――」

「陛下は信じていないとして、あなたは仮にも神子です。神子でありながら、神を疑うのですか？」

ヘレオは肩をそびやかせてセレンを見下ろした。

「信じないなら、それこそあなたが悪しきものだという証拠です。エリアナ姫も可哀想なことだ。ご神託を馬鹿にして本気にしない淫らな母と野蛮な父のせいで、命を落とすのですから」

「そんな――」

「まあ、死ななかったとしても、いずれは疎まれるだけの姫だ。両親のどちらに似ても、敬遠されて嫁のもらい手などないでしょうな」

カッと頭に血がのぼり、目の前が暗くなるような錯覚がした。夜の闇とは違う、濁った黒に目眩《めまい》がする。

(どうして、こんなことを言われなくちゃならないの。エリアナはあんなに可愛くて、なんの罪もないのに――レイ様のことまで、野蛮だなんて)

許せない。許せない許せない。

「……、て、ください」

身体が震え、気がついたときにはそう呟いていた。ヘレオが顔をしかめる。

「なんですって？　聞こえません」

ぞんざいなその口調だけでも厭わしかった。嫌いだ、とセレンは思う。こんな人、大嫌いだ。

「謝ってください」

ふつふつと、腹の底から湧いてくるものに押し上げられるように、セレンはヘレオに近づいた。

「僕のことは好きにけなせばいい。でも、エリアナは王族です。侮辱することは許されません。それにレイ様は野蛮なんかじゃありません。思慮深く、優しくて人を大切にできる方です。そんなこともわからないで、文句を言うばかりか侮辱するようなことを言うなんて、人として最低です。王宮神官長どころか、ただの神官の資格もありません」

「――資格？」

さっとヘレオの顔色が変わった。赤くなるのを通り越してどす黒いほどの顔面が不均等に歪《ゆが》む。魔物のような形相で、彼はぎろりとセレンを睨みつけた。

「そんなもの、ほしいわけないだろ！　この私が、望んで神官になったとでも思っているのか！」

「――え？」

胸郭を大きく膨らませ、ヘレオは怒鳴り散らした。

「神官などみじめなだけの仕事だ！　みじめなやつらの中で一番偉くなったって、嬉しくもなんともない。どうせ、私のことを王宮神官長の地位にしがみつきたい馬鹿だと思っているんだろう。愚かなのは見る目のないおまえたちのほうなのに、哀れなことだな！」

唇の片側を上げて笑う表情は、どこかぞっとするような禍々《まがまが》しさがあった。

気圧《けお》されたセレンの足元に唾を吐き捨て、ヘレオは拒絶するように背を向けた。

「そのうち思い知ることになるまで、せいぜい侮っているがいい」

「ま……待ってください！」

まだ謝ってもらっていない。セレンは呼びとめたが、ヘレオは振り返ることさえしなかった。足早に去る彼を、供の二人が追いかけていく。

周囲が静かになり、セレンは急に寒さを覚えて身体を抱きしめた。

（ヘレオ様、なんだか怖かった……）

結局謝ってはもらえず、怒らせただけのようだ。あんなこと言わなければよかっただろうか、と後悔しかけ、「違う」と思い直す。

自分のことなら悪く言われても、憎まれてもいい。でもレイとエリアナを侮辱されるのは、どうしても受け入れられない。怒ってよかったんだ、と内心で己に言い聞かせてから、セレンは気づいてはっとした。

「僕、怒ったんだ……」

沸き立つような衝動。他人に詰め寄る激しさ。あんな感情が、自分の中にもあるのだ。ヘレオから見たら自分も怖かっただろうか、と考えると、間違ったことは言っていないと思うのに複雑な心境で、セレンは腕をさすった。

セレン自身、少し自分が恐ろしかった。――怒る、なんて、これまではなかったのに。

(僕……なんだか変になったみたいだ)

逃げるように足早に自分の天幕へと戻ると、エリアナを見ていてくれた乳母が気遣わしげな顔をした。どうかなさいましたか、と聞かれても答えられず、セレンは黙って首だけを振り、寝台で眠るエリアナのかたわらに座った。

よく寝ている。あどけない寝顔を見ると、怖さが薄らぐかわりに、だんだんと悲しい気持ちが強くなってきた。

「ごめんね、エリアナ」

ヘレオがエリアナにまであんなことを言うのは、彼がセレンを嫌っているからだ。下働きのころは、罪の子だから仕方ないのだと思っていたけれど――神子になり、王妃として扱われても嫌われてしまうのは、セレンがいたらないせいだ。生まれでも身分でもなく、器が足りないから。

自分が王妃に相応しい態度や行動ができていないのは、痛いほどわかっていた。

（やっぱり、怒らなければよかった）

もっと違う言い方で、毅然《きぜん》とした態度だけ取っていれば、ヘレオがあんな恐ろしい顔をすることもなかっただろう。

セレンはエリアナの隣に身を横たえた。そっと抱き寄せて髪に口づけて、ヨシュアに相談してみよう、と決める。

ヘレオに認めてもらうにはどうしたらいいか、神官にも愛されていたヨシュアなら、きっといい案を考えてくれるだろう。


隊列が急に騒がしくなったのは、王都を出て三日目、ヨシュアと一緒に二度目の祈りを終えたときだった。護衛の兵士や使用人が慌てたように前方に集まっていき、セレンはヨシュアと顔を見合わせた。

「どうしたのかな。盗賊じゃないよね？」

「王の一行を襲う賊なんていないだろうし、もし賊でも、こんな時間には襲ってこないと思うけど」

不安に思いながらエリアナを抱き上げると、ナイードが前方から戻ってきた。ヨシュアを抱きしめて、大丈夫そうだよ、と微笑む。

「大砂漠猫の子猫がいるのを見たって、知らせに来てくれた旅の人がいて、レイ様とダニエルが様子を見にいったんだって。距離はそう離れてないらしいから、すぐ戻ってくると思う」

「見にいったのはレイ様とダニエルだけなの？　危なくないのかな」

大砂漠猫と聞いたヨシュアは怯えたようにナイードにくっついている。ナイードのほうはのんびりしていた。

「もちろん、護衛も一緒のはずだ。ダニエルは慣れているらしいし、子猫なら大丈夫だろう。ただ、親が近くにいるかもしれないから、残った護衛の人たちが、万が一にもセレン様たちに危害がないようにって、警戒しているだけだよ」

「襲ってくることもあるっていうもんね、大砂漠猫」

「でも、このあたりには大砂漠猫が身を隠すような岩が道の近くにないから、近づいてくればすぐわかる」

「ねこしゃ？」

セレンの腕の中、エリアナがナイードたちの言葉に反応してこてんと首をかしげた。

「ねこしゃん、どこ？」

「猫さんだけど、エリアナが遊んだことがある猫さんより大きいんだよ。がおーって怖いこともあるんだ。遊べないの」

エリアナは猫も犬もうさぎも大好きだ。だが、大砂漠猫は獰猛《どうもう》で、人間を襲うこともある。

セレンはゆらゆらとエリアナを揺らしてやったが、彼女はたちまち頬を膨らませた。

「や！　ねこしゃん！」

「エリアナ……猫さんのぬいぐるみにしよう？」

「ねこしゃん！　だっこ！」

エリアナは小さな足をばたばたさせた。頑固なのは、三日目になって旅に飽きてきたせいもあるのだろう。どうやってあやそうか、と思案しながらエリアナを抱き直すと、今度は使用人が走ってきた。

「セレン様。陛下がお戻りで、お呼びです。エリアナ様やヨシュア様たちも一緒でかまわないそうです」

「わかりました、ありがとうございます」

子猫は連れてきたのだろうか。もしかしたらレイは、また大砂漠猫を飼いたいと思っているのかもしれない。

全員で連れ立って隊の前方に向かうと、レイとダニエルが並んで立っていた。上空には鳥が一羽旋回していて、セレンは目を奪われた。

（あれは……鷹？　アンゲロスかな）

アンゲロスはかつてレイが飼っていた鷹だ。葡萄畑ではよく見かけるが、街からこんなに離れても、ついてきてくれたのだろうか。

「ねこしゃん！」

腕の中で、エリアナが興奮して身をよじった。見ているのはレイの足元だ。小さな檻《おり》が置かれていて、中には白っぽい生き物がいた。近づくと頭を上げてこちらを見る。ぴんと立った大きな耳に、アーモンド型の目をしていて、白い毛はふわふわだった。ヨシュアが歓声をあげる。

「わあ、初めて見た。白い大砂漠猫もいるの？」

「子供のうちだけで、一年もすると生え変わるんだよ」

「大きいけど可愛いね」

ヨシュアが檻のそばにしゃがみこむと、子猫は怯えたようでシャーッと声を出し、後ろに身を引いた。背中の毛は逆立っている。

「怒ってる。怖いのかな」

「威嚇《いかく》はするが引っ掻こうとはしないから、ずいぶん弱っているようだ。周囲を少し探してみたが、母親は近くにいなかった」

レイはそう言って、セレンを手招いた。

「おいで。エリアナが見たがるだろうと思って呼んだんだ。柵から手を入れなければ、噛まれたりしないから」

「ねこしゃんみるっ」

さっきはあんなに駄々をこねていたエリアナは、すっかりご機嫌だった。地面に下ろされるとヨシュアの隣にしゃがみこみ、じいっと子猫を見つめる。

するると、後ろのほうで縮こまっていた子猫も、興味を引かれたのか、毛を逆立てるのをやめて、柵のあいだから鼻を出した。ひとしきりにおいを嗅ぎ、小さな声で「みゃあ」と鳴く。

「声も、猫にそっくりなんですね」

「子供のうちはな。成獣になると唸《うな》ったり吠《ほ》えたりする」

威嚇していなければ大きいだけの猫だ。セレンも少しほっとした。もっと怖いかと思っていたけれど、尖った耳やふさふさした被毛が、想像よりもずっと可愛かった。エリアナは声も出さずに見入っている。触っちゃ駄目だよ、と注意しようとした途端、地面に両手をついてはいはいするときのような格好になった。

「エリアナ！」

焦って引き離そうとしたときにはもう遅く、エリアナは子猫へと手を伸ばしていた。柵から突き出た小さな鼻に触る。セレンは全身が冷たくなったが、咄嗟に抱き抱えようとするのを、レイがとめた。

「大丈夫そうだ」

囁かれて見直すと、子猫は怯えたり威嚇するどころか、安心したように目を閉じていた。エリアナは手を動かして、ひどく優しい声で言った。

「いーこね、ねこしゃん」

応えるように、子猫もみゅう、と鳴く。もっと撫でてほしそうに檻に身体を押しつけてきて、エリアナはまるでやり方を知っているかのように、柵の扉の掛け金を外した。子猫は頼りない足取りで出てくると、エリアナにぴったりくっついた。

ダニエルが感嘆の声を漏らした。

「驚きましたね。子供とはいえ、大砂漠猫が会ってすぐの人間にこんなに懐くなんて」

「俺が大砂漠猫を飼ったときはもっと大変だったな。エリアナは大物だ」

レイは目を細めて誇らしげだった。セレンもようやく、安堵《あんど》のため息をつく。

「僕、噛まれるかと思いました……」

「毛も逆立っていないし、尾も自然だ。あの状態なら、成獣でも絶対に噛まない」

レイはよく知っているからこそ、エリアナを子猫に近づかせたのだ。まだどきどきしている胸を押さえたセレンを、エリアナがにこにこして振り返った。

「ねこしゃん、ごはん」

「ごはん？　おなかすいてるの、わかるの？」

びっくりして問い返すと、エリアナは自信満々で頷いた。ダニエルがすぐに応じる。

「弱っているから心配でしたが、エリアナ様のおかげでさっきより元気が出たようです。ミルクと肉を持ってきましょう」

「ん」

偉そうな仕草でまた頷き、餌を取りにいくダニエルを見送るエリアナは、すっかり地面に座り込んでいる。エリアナとくっついていると安心なのか、子猫ももう、セレンやレイたちに向かって威嚇する様子がなかった。ふかふかの頭を、エリアナが大切そうに撫でてやる。

「おめめ、おんなじね。こあくないねえ」

「あ……ほんとだ」

幸せそうな娘の声で、セレンも気づいた。レイ譲りのエリアナの青い目と、子猫の目の色はよく似ているのだ。

（もう、そういうこともわかるんだ……）

エリアナはそのことに自分で気がついて、子猫に向かって「おんなじだからこわくないよ」と励ましているのだ、と思うと、なんだか胸が熱くなった。

「エリアナはセレンに似て、優しい子だな」

セレンの肩を抱き寄せて、レイがしみじみと言った。セレンは娘を見つめたまま、そっと頭をもたせかけた。

「レイ様に似たから優しいんですよ」

「絶対にセレン似だ。——子猫はこのまま連れていこう。この大きさなら親と一緒のはずなのに、近くにいないとすると、親は狩られたのかもしれないと、ダニエルとも話していたんだ」

「一匹で残していったら、きっと死んでしまいますよね」

一度助けた生き物が死んでしまうのはただでさえ悲しく感じる。まして、エリアナとくっつきあっているのを見たあとでは、置いていくのは可哀想だった。

ダニエルが器を手に戻ってくる。ミルクのにおいに気がついた子猫は起き上がったが、エリアナのそばを離れることはなく、近くに器を置いてもらうと顔を突っ込んだ。

「ダニエル。あの大砂漠猫を連れていきたいんだが、ちょうどいい檻はあるか？　今のは小さすぎるだろう」

「簡易的なものなら作れます。神の庭に着いたら材料も手に入るでしょうから、そこまで入れておけるようにしましょう」

ダニエルはミルクを飲む子猫を見守りつつ、「ただ」と言葉を濁した。

「親を狩ったのが何者なのか気になります。大砂漠猫の毛皮や肉は高値がつくから、たしかに狩ることはある。でも普通、幼い子供を連れた母猫は狙わないものです」

「そうなんですか？　大砂漠猫の子猫は、捕まえることもあるんですよね？」

「飼育が目的でとらえるときは、この倍くらい大きくなったのを狙いますね。小さすぎると育てるのが難しいんです。親猫を避けるのは、通常よりも凶暴だから、というのもありますが、生かしておいて子猫を育ててもらったほうが、商人にとってはありがたいからです。肉も一番売れる毛皮も、大きいほうが値がいい」

説明されると、なるほど、と思う。

「じゃあ、偶然出くわしたから殺した、とか？」

「もちろん、そうかもしれません」

ダニエルは頷いたあと、気遣わしげな目を砂漠へと向けた。

「だとすると、昨日か一昨日、敢えて街道を避けてこのあたりを通った者がいる、ということになります。見つけた野営の跡の者たちでしょうが——」

「？　なにか気になることがあったんですか？」

首をかしげたセレンに、ダニエルはすぐに穏やかな表情に戻って首を横に振った。

「いえ。セレン様が気にすることはなにもありませんよ」

「でも——」

そういえば、さっきからレイが黙っている。もしかしたら彼もなにか気にしているのかと振り返ろうとして、突然ぐらりと身体がかたむいた。

「や……、なに？」

ヨシュアが声をあげてナイードに抱きつく。どこかからビビ……と遠雷のような音が聞こえ、足の下の土が震えているように感じられた。まっすぐに立っていることができず、地面そのものが揺れているのだ、とセレンは気がついた。

（地面が揺れるなんて……こんなことあるの？）

今まで経験したことも、聞いたこともない。エリアナは子猫に抱きついて目を見ひらいていて、セレンはよろめきながら膝をついた。恐ろしくて、子猫ごと娘を両手で抱え込む。

「地震ですね。リザニアールでは珍しい」

動揺した使用人たちの中には、悲鳴をあげてうずくまる者もいるのに、ダニエルは落ち着いている。レイは驚きながらも、難しい顔で眉を寄せた。

「聞いたことはあるが、実際には初めてだな。——おさまってきた」

音が聞こえなくなるにつれ、地面の揺れも小さくなった。ひどく長く感じたが、おそらくは数分もなかったのだろう。完全に揺れが収まると、あたりはなにごともなかったように静寂を取り戻した。

あんなに振動したにもかかわらず、岩の位置も、影も、風も同じだ。

ほっとして力を抜くと、ふえ……とエリアナが泣き出した。

「怖かったね」

セレンはそっと抱きしめてやった。子猫も小さく鳴いて、エリアナの頬を舐めてくれる。だが、エリアナを脅かすかのように、荒い足音が迫ってきた。

「陛下！　地震です」

青ざめたヘレオだった。後ろにお供を引き連れた彼は、膝をついてエリアナを抱き寄せているセレンを見つけると、忌々《いまいま》しそうに睨みつけてくる。

「これは明らかな凶兆です。まさにお告げのとおりに、大地が怒りに震えたのですから」

びく、と全身が震えた。

「偶然とは恐ろしいな」

レイは取りあう気がないようでそっけなかったが、使用人たちが動揺したように囁きあうのが見えた。お告げだと、と驚く声に、そうか、とセレンは唇を噛んだ。ご神託のことは公表されていないから、限られた者しか知らない。それをヘレオは堂々と口にしたのだ。

「偶然なんかではありません。ご神託で警告されたにもかかわらず、陛下が神の否定した王妃を伴って神殿に赴こうとしているから、神がお怒りなのです。今すぐにでも、その邪悪な精霊の化身を追放してください」

「変なこと言わないで！」

レイより先に言い返したのはヨシュアだった。

「砂漠の真ん中でセレンを追放するなんてできるわけないじゃない。それに、セレンは神子だよ。なんなの、邪悪な精霊の化身って」

ヘレオは不愉快そうに顔をしかめた。

「口をつつしみなさい。ただの人間にまじって生きることを選択したおまえは、神官に向かってそんな喋《しゃべ》り方をしてはいけない」

「セレンを悪く言うやつなんかに丁寧に話すわけないでしょ。そっちこそ、自分の立場を弁えたら？」

恐縮するどころか、一歩も引かないヨシュアの肩を、ナイードが押さえてなだめる。周囲では護衛の兵士たちまでが、困惑したようにざわめいていた。レイはため息をついて、「静かに」と命じた。

「皆落ち着け。ヘレオが言っているのはただの嫌がらせだ。ヘレオは、これ以上暴言を続けるようなら、砂漠の途中でもおまえを放り出すぞ」

堂々として厳しいレイの態度にも、ヘレオはひるむ様子がなかった。王に対するとは思えない顔つきで口髭をひねる。

「できるものならそうなさったらよろしい。ですが、放り出すべきなのは私ではなく、そのセレンです。今に本当に天罰がくだりますよ」

そう言うと素早く離れていき、お供の使用人が慌てて追いかけた。ヘレオの後ろ姿に、ヨシュアがべえっ、と舌を出した。

「なんなの、あいつ。レイ様、どうしてすぐに辞めさせないんですか」

「俺だってできれば辞めさせたいが……」

レイがため息まじりにこちらを向くのがわかっても、セレンは動けなかった。さっきから、ずっと動けないのだ。泣きやんだエリアナが不安そうにみじろいでも、微笑みかけてやることさえできない。

「セレン？　大丈夫か。真っ青だぞ」

「――大丈夫です」

返事をする自分の声が、ひどく遠く聞こえた。地震はおさまったはずが、まだ揺れているような気がする。晴れた青空は黒く見え、これも凶兆かもしれない、と思えた。

悪いことは、本当に起こっているのだ。レイは神託なんて嘘だと言ってくれたけれど、地面が揺れるなんて、偶然のはずがない――ヘレオの、言うとおり。

（じゃあ、本当に神様がお告げで警告してくれたの？）

もう一度見回せば、使用人たちは怯えるような、疑うような眼差しをセレンに向けているように思えた。当然だ。誰だって、神官の口から不吉な神託を聞かされれば不安になる。

セレンはこれまでは、神託と言われても、どこかで信じていなかった。レイの言っていたとおり、王宮の神子は誰ひとり、お告げを聞いたとは言わないし、いつもと違う様子もなかったからだ。レイを諫めるために臣下たちが考えた、というほうが、本物のお告げよりもありそうな気がしていた。

それが急に、現実味を帯びてのしかかってくる。

あの神託が真実だったら、セレンは悪い存在ということだ。

（だから……だから、一昨日も怒ってしまったんだとしたら――）

得体のしれない影が、足元から身体を這い上がってくるようだった。ちりちりとした痛みは、自分の皮膚がはがれ落ちていくようでもある。まるで内側から、悪い本性が曝《さら》け出されていくみたいだ。

もし自覚がないだけで、実は恐ろしい悪魔だとしたら。

(天罰が、くだるんだ。僕だけじゃなく、エリアナにも)

「セレン!」

肩を揺さぶられまばたきすると、すぐ近くにレイの顔があった。しっかりしろ、と言われてようやく、自分がレイの膝にもたれかかるように横たわっていることに気がついた。寝台の上だ。外にいたはずが、上には天幕が見える。

「あれ……? 僕——」

「気絶したんだ。急いで天幕まで運んだんだが、すぐに目が覚めてよかった」

視線をあわせたレイが、ほっとしたように息を吐いて顔を撫でてくれる。

「気絶……」

倒れたのだ、とわかると、にぶい頭痛がした。どうして気絶なんか、と思いながら起き上がろうとして、はっと身体が強張る。

「っ、エリアナはどこですか？」

「大丈夫だ、ここにはいないが、乳母とヨシュアがついている」

レイはしっかりと手を握ってくれたが、心臓がどくどくと脈打って、さきほどの恐怖が蘇ってくる。自分が醜《みにく》く恐ろしい生き物になったような錯覚で鳥肌が立ち、思わずレイの手を振り払った。

「……セレン」

レイが心配そうに表情を曇らせる。すみません、と謝りながら、セレンはずるずると寝台から滑り落ちた。

「ごめんなさい。でも——エリアナのことは、守ってあげてください」

「謝らなくていい。エリアナなら、ちゃんと護衛もついている」

「でも、ご神託が」

ぞっと、また全身が冷たくなった。

「……ご神託では、僕だけじゃなくてエリアナも奪うって言ってたじゃないですか」

「あんなものは嘘だと言っただろう。セレンだって昨日までは気にしていなかっただろう？」

レイも寝台から下りて再度抱きしめようとしてきたけれど、セレンは激しく首を振って拒んだ。レイは苦しげな顔をする。

「落ち着け、セレン。地震は俺も驚いたし、あれはたしかに不安を煽《あお》られる。怯えるのは無理もないが、セレンが心配することはないからな」

「でも、僕は……お告げのとおり、邪悪なものかもしれません」

ぐっとレイの眉根が寄って、セレンはまた首を振った。

「違うんです。卑屈になっているわけじゃなくて……レイ様が言ってくれるとおり、あれが誰かの嘘だったらいいですけど、地震は嘘では起こせませんよね。だから、本当だと思ったほうがいいと思うんです。何事も、用心はしておいたほうがいいですよね？」

なるべく冷静に話さなくては、とそれだけを考えて、セレンは顔を伏せた。本当は怖い。自分が自分でなくなるようで、すがりついて守ってもらいたかった。レイ様、と呼んでしまうかわりに、セレンはぐっと腕に爪を立てた。

「心あたりが、あるんです」

「心あたり？」

「僕が悪いものかもしれないっていう、心あたりです」

「セレンが悪い存在なわけがないだろう。もし本当に邪悪な精霊の化身とか、そういうものだとしたら、なぜオメガなんだ？」

「――でも、もうずっと、発情も来てません」

「それは……」

レイがなにか言いかけて、否定できなかったのか黙り込んだ。

「一昨日、感じたんです。自分が違う人間になったみたいだって。ううん、違う人間というより、知らない面が——知らないなにかが、僕の中でずっと眠っていた、と思うことがあって」

ヘレオにひどいことを言われて、怒ったときだ。思い返すと、身体が冷たく重くなる。

「自分でも、ちょっと怖かった。そしたら今日の地震があったんです。僕だって、あのご神託は信じたくありません。だけどもし真実、神様が伝えてくれたことだったら、あとでレイ様が後悔すると思うんです。どうしてあのときちゃんと用心して、備えておかなかったんだって」

「——」

「僕は、イリュシアにはご一緒しないほうがいいと思います。なるべく早くみんなと離れて……一度、王都に戻ります」

聞き終えたレイは、静かにセレンの前で膝をついた。無理に顔を上げさせようとはしないかわり、頭を近づけてくる。

「セレンの言いたいことはわかった。エリアナには危険がないよう、よく気をつけておくことにしよう。だが、セレンにもこのまま、一緒に神の庭に向かってもらう」

「僕、ひとりでも帰れます」

「駄目だ。俺はまだ神託が本物だとは認めていない。セレンが心配に思うならなおのこと、神殿で真偽を確かめたほうがいい」

そっと額を押しつけられて、セレンは耐えきれずに顔を上げた。

「……確かめて、本物だったら？」

「絶対にないが——そうだな」

かすかに笑ったレイが、耳元に唇を寄せた。触れそうで触れないぎりぎりの距離で、低く、優しく囁かれる。

「神が根負けして予言だか警告だかを撤回するまで、ずっとセレンを愛しておく」

「————レイ様」

そんな方法は無茶苦茶だ、と思ったのに、せつなく胸が焼けた。愛されている、と思い知るのは何度目だろう。不安は拭えないのに嬉しくて、でも心配で——それでももう、セレンは反論できなかった。

この人を、拒むなんてとてもできない。

彼の背中に手を回して、抱きしめる。レイは強く抱きしめ返してくれたあと、そっと視線をあわせると、唇にキスをした。

まぶたを伏せたレイはいつものように幸福そうだ。けれどセレンは、あの満ち足りた気持ちになることはなく、かえってかすかな不安が傷跡のように刻み込まれる気がした。

——自分は、正しい選択をしているだろうか？

七日後、セレンたちはイリュシアへと到着した。

神の庭とも呼ばれるイリュシアは白い町だ。広大な砂漠の中、綺麗な長方形に造られていて、道も建物もすべてが白いため、日差しが降り注ぐと町全体がまばゆく輝くように見える。完全に壁に囲まれており、唯一の出入り口である外壁の門から奥にある神殿の正門までは、一直線に大通りが貫いていた。

大通りの両脇の建物が花で飾られているのは、神子たちと、やってくる王族との出会いを祝福するためだ。王族は「神の夜」当日に到着するよう決められており、今夜は祝宴が催されることになっていた。

かつては俯いたまま、小走りで端のほうを通っていた大通りは、馬車で通るとあっというまだった。大きく開け放された神殿の門の前で一行はとまる。王族であっても、神と神子に敬意を表して、徒歩で門をくぐるのだ。

セレンもエリアナを抱いて馬車を降りた。レイは門のすぐそばで待っていてくれたが、その後ろ、門の内側に並んだ神官たちの先頭に、神官長のテアーズが立っているのが見えた。髪を長くのばした冷たい印象の美貌は、彼がかつて美しい神子だったことを思わせる。気位の高そうな威圧的な雰囲気は相変わらずで、セレンを見つけると不機嫌な表情になった。

(テアーズ様、怒ってる。……あんな神託があったから?)

「セレン、こっちだ」

躊躇《ちゅうちょ》したものの、焦《じ》れたレイに促され、セレンはエリアナを抱き直して向かった。テアーズに向かってかるく膝をまげ、礼をする。

「お久しぶりです、テアーズ様」

「……報《しら》せは受けていましたが、本当にお連れになるとは」

ため息まじりに、テアーズはレイを睨みつけた。

「相変わらず神子を軽んじておられるわけですな。これから王宮に向かう神子たちが彼を見てどんな気持ちになるのか、わからないわけではないでしょうに」

「セレンは妃だ。神子のことは重要だと思っているから王宮に迎えるんだ。軽んじているなら、迎えにくるのなどとっくにやめている」

レイはうんざりした表情だった。

「誰もかれも、俺が神子をないがしろにしている、神官を正当に扱わないと文句を言うが、これ以上どうしろというんだ。職も衣食住も用意して、敬意を払い、その上で自由にしてかまわないと言っているだけだ」

「——レイ様は王になられてもまったくお変わりがないようだ」

テアーズは再度嘆息を漏らし、それでも脇にしりぞいて彼のために道を空けた。

「神殿はアルファの方を拒めませぬ。神子を迎えにきた、というのであればお入りを」

レイは黙ってセレンの背中に手を添えた。テアーズは不満を隠そうともせずに顔を背けたきりで、ほかの神官たちは落ち着かない様子だった。

どれもこれも、神託のせいではないか、と思えて、セレンの全身は強張っていた。エリアナもぴりぴりした空気を察してか、今にも泣き出しそうな顔をしている。大丈夫だよ、と小声であやしながら、セレンはレイのあとに続いて、神殿の敷地へと足を踏み入れた。後ろにはヘレオたち神官、護衛、最後に供物を運ぶ使用人たちと続く。

前庭には、正門から建物の大きな扉まで、白い道がのびている。両脇には緑が植えられ、飾りを施した水盤からは常に水が流れ落ちていた。咲いている花は種類が違えどどれも白で、ほのかに甘い香りが漂ってくる。神殿の中でも裏手のほうで働いていたセレンには馴染みのない場所だった。レイに指名されて王宮に向かうときには通ったはずなのだが、下ばかり見ていたから記憶にない。

広すぎるほどの庭をいくらも進まないうちに、後ろからテアーズの厳しい声が聞こえた。

「おまえは入ることはできない」

振り返ると、ヨシュアとナイードの前に、テアーズが立ち塞がっていた。

「郵便配達人として来たなら裏口へ回りなさい。そうでないなら、立ち入りは禁ずる」

「それって、僕も入ってはいけないってことですか？」

聞き返したのはヨシュアだった。ナイードをかばうように一歩前に出て、テアーズを見上げる。

「おまえはまだ神子だ。本来なら罪を犯したことになるのだから、神聖な場所に入れたくはないが、入りたいなら好きにするといい」

「そうですか。じゃあいいです」

皮肉げなテアーズに対して、ヨシュアはあっさりとナイードの手を握った。

「ついてきたのはセレンが心配だっただけで、僕が来たかったわけじゃないですから。——セレン、また明日ね」

テアーズの身体ごしにこちらを覗き込んだヨシュアが笑顔で手を振ってきて、セレンも思わず小さく振り返した。さ、行こう、とナイードを引っ張る姿は少しも残念そうには見えなかった。ナイードは申し訳なさそうにテアーズに一礼し、ヨシュアについていく。

ヘレオが目をすがめて口髭をひねった。

「まったくどういう教育を受けたらあんな神子になるのだか。くだらない男に入れ込むだけでなく、神官を敬うということも知らない。テアーズ様は知っていて目をつぶっていたのだから、手を焼かされるのも自業自得ですが」

セレンは意外に思ってヘレオを見つめた。テアーズのほうを見ているヘレオは小馬鹿にするような笑みを浮かべている。以前はテアーズの取り巻きのひとりだったはずなのに、今は軽蔑しているのだろうか。

それでも、テアーズが正門を閉めて戻ってくると、ヘレオは澄ました表情に戻る。テアーズはヘレオには目もくれず、先頭に出ると神殿の建物まで進み、自ら扉を開けた。

「今回は三日のご滞在でしたね。陛下のご案内はこちらの者がいたします」

テアーズの声にあわせて奥から出てきた人物は、使用人の格好をしていた。セレンはどきりとして目を見ひらいた。

「サヴァン様……？」

「――なんだ、おまえも来たの？」

サヴァンは一瞬驚いた顔をしたが、すぐに顔をしかめた。

「お妃様になって、運命のつがいだとか騒がれてるのに、なんで相変わらず辛気くさいわけ？」

つんと顎を上げる偉そうな仕草で、サヴァンは遠慮なく言い放つ。セレンはぽかんとして、それからつい笑ってしまった。緊張しきっていた身体からは力《りき》みが抜ける。

「サヴァン様は、お変わりなく元気そうでよかったです」

「……嫌味は言えるようになったんだ？」

「嫌味なんかじゃないですよ。僕、サヴァン様はイリュシアを去ってしまったのかと思ってました」

「いちゃ悪い？」

セレンの言葉の揚げ足を取るように言い返したサヴァンは、くるりと背を向けた。

「そのへんの町で庶民とつながうなんて絶対いやだもの。ここ以上に安全な場所がないから仕方なくいるだけ。――レイ様、こっちです」

サヴァンはレイに対しても、態度を変えないつもりらしい。

「神殿にいるあいだは、セレンといちゃつかないようによく見張れって、テアーズ様に言われてますから、覚えておいてください」

「そうか、わかった。おまえも、あまりセレンをいじめるなよ」

レイは呆れたようにサヴァンを眺めたあと、セレンを振り返った。

「あとで会いにいく。待っていてくれ」

手を優しく握り、口づけるかわりにあたたかい笑みを見せるレイに、セレンも微笑み返した。

「僕のことは気にしないでください。あまり皆さんを困らせないでくださいね」

「セレンに言われると、善処しないといけないな」

いたずらっぽく目を細め、レイは名残惜しそうに数度手を握ってから離れた。サヴァンはうんざりした表情で待っていて、レイを先導して行きながら、こちらにも聞こえる声で言った。

「注意したそばからいちゃつかないでもらえます？」

「べつにいちゃついてはいないだろう」

淡々と返して、レイはサヴァンについていく。入れ替わるように、背後からダニエルが近づいてきた。

「あの神子——セレン様の誘拐に加担しておいて、ご厚情で許されたというのに、まだあんな暴言を吐くとは」

珍しくむっとした様子のダニエルを振り返り、セレンはまだ不安そうにしているエリアナを抱き直した。

「元気そうでほっとしました。僕、サヴァン様のことはなんだか嫌いになれないんです」

「……それはセレン様がお優しすぎるからですよ」

「いいえ。たぶん、羨ましいだけです。いつもきっぱりされていて、頭もよくて強い方だから。神子としての心構えもしっかりしているし、どんなふうに振る舞うべきかもすぐ判断して、上手に立ち回れる方でしょう？　本当は、サヴァン様が王宮にいてくれたら心強いんですけど」

「それは無理でしょう」

ダニエルは眉根を寄せて首を横に振った。

「ご厚情を受けただけで、罪人です。陛下もエクエス様もお許しにはなりませんよ。私だっていやです」

「——そうですよね」

セレン自身はサヴァンを恨んでいなくても、彼が罪をおかした事実はなくならない。罰の重さや許すかどうかは、セレンが口出しできることではなかった。頼み込めばレイは許してくれるかもしれないけれど、そうやって特権を振りかざすのは、やってはいけないことだとわかっていた。

(『悪いこと』はしちゃだめだ)

サヴァンたちが廊下を曲がって見えなくなる。ようやく別の神官がやってきて、セレンの抱いたエリアナに眉をひそめた。しかし、口に出して文句は言わずに、慇懃に頭を下げる。

「部屋まで案内します。護衛をつけるのは許可しますが、勝手に庭に出たりはしないよう願います。部屋から出るときは神官の許可を取ってください」

「わかりました」

「ここに滞在するあいだは、陛下と新しい神子たちのための時間です。おまえはでしゃばらないように――と、すべてテアーズ様のご命令です」

「従います」

神官は、今もきちんとテアーズを長として認めているようだ。テアーズを追放しなかったのは、具体的な罪も証拠もないから、というだけでなく、彼の厳格さが神官長に向いているからだと、レイに聞いたことがある。

(レイ様は、人のこともよく見てるんだよね)

みんながそのことに気がついてくれればいいのに、と思いながら、セレンはエリアナの頭に頬をつけた。うっすらと目眩がするのは、七日間ほとんど眠れていないからだろう。

地震があった日から、神託のことが頭から離れなかった。神の罰がエリアナにも及んだら、と思うと、エリアナと離れるのが恐ろしかった。一方で、自分のそばにいないほうが安全ではないか、という気持ちもあって、ひどく不安だった。

だが、ここまで無事にたどり着いた。神殿にいるあいだは安全だろうから、三日間は穏やかにすごせそうなのがありがたい。

(今日はすることもないし、ゆっくり眠れそう)

レイは神子との宴《うたげ》があるから忙《せわ》しないだろうが、セレンは暇だ。やっと眠れる、と思うとほっとする。エリアナのことも甘やかしてやりたかった。

神官は廊下を進み、突き当たりでレイたちとは逆の方向に曲がる。こちらです、と衝立をずらして示されたのは、小さいけれどちゃんとした客用の部屋だった。室内は布製の衝立で区切ってあり、乳母や使用人が休めるようになっている。寝台の脇には幼児用の小さな寝台まで用意してあって、テアーズが手配してくれたのだ、と思うと不思議な気分だった。

あんなに不機嫌な顔をしていたのに、神託を口実にセレンを追い返さなかったのは、エリアナのためを思ってくれたのかもしれない。テアーズはかつてセレンにつらく当たっていたけれど、無意味に他人を虐げる人ではないのだ。そういうところはレイと似ている。

(もし僕がいなかったら、二人は神官長と王として、いい関係になってたのかも)

ちらりとそう考えてしまい、セレンは慌てて首を振った。自分がいなかったら、なんて、レイが聞いたら悲しむ考え方だ。

セレンだって、レイのそばにはいたい。レイを愛さず、遠く離れて生きていくことは、もう想像ができなかった。

——けれど。

エリアナを寝台に下ろそうとして、腕が震え、セレンはもう一度抱きしめた。

自分自身が恐ろしい、という感覚は、ときおり発作のように襲ってくる。悪いことはしないように気をつけていても、踏み外してしまわないかが怖かった。些細なことで、また怒ってしまったら。するべきではないことを、してしまったら。

（悪い存在だったら、レイ様ともエリアナとも、一緒にはいられなくなっちゃう）

セレンの怯えが伝わるのか、エリアナも心配そうにみじろいだ。

「しぇえん？」

「ごめんね。大丈夫だよ」

よしよし、と娘の頭を撫でてやり、寝台に下ろすと、セレンはかたわらに膝をついた。

「ちょっとだけお祈りするから、いい子にしててね」

「おいにょり？」

「神様にお礼を言うんだよ。——ダニエル、すみませんが、乳母の方を案内してきてもらえますか？　たぶん、ほかの使用人と一緒に裏手に案内されていると思います」

「わかりました。こう見えても、神殿の内部には詳しいですからまかせてください」

さらりと冗談めかしてダニエルは言い、部屋を出ていく。軽口を叩くのは、彼もまた、セレンが緊張しているのがわかっているからだろう。

みんな優しい、とありがたく思いながら、セレンは両手を組みあわせてこうべを垂れた。

(神様。お祈りの時間ではありませんが、ここまで無事にたどり着かせてくださってありがとうございました。――どうかこの先も、エリアナとレイ様だけは、ご加護ください)

天罰が必要なら、自分だけにしてほしかった。

(僕が妃なのがだめなら、下働きでもいいんです。いいえ、ずっと遠くに離されて、一緒にいられなくても……そうしなきゃいけないなら、僕はかまいません)

できることならレイに特別に愛されていたい。見つめあい、口づけしてもらうときの、あのかけがえのない幸福感は手放したくない。

でも、自分の幸せのために妃という立場に固執するのは「悪いこと」ではないだろうか。レイが悲しむからと、彼を思いやるふりをして、ただ自分のために望んでいるだけではないだろうか。

レイのためか、自分のためか――その境目が、セレンにはよくわからなくなっていた。無意識に自分に都合がいいように判断しているかもしれない、と思うと、どんな考えも自信がなくなってくる。

(できるだけ気をつけます。悪いことは、もうしません。怒ったり、わがままになったり、欲深くなったりは、絶対にしませんから——だからどうか、お願いいたします)

エリアナとレイだけは、助けてほしい。

繰り返し繰り返しそう願い、セレンはダニエルが乳母をつれて戻ってくるまで、俯いて祈り続けた。

宴の間にはたくさんの火が灯され、明るくあたりを照らしていた。花が随所に飾られ、甘く清らかな香りが、香炉から立ちのぼっている。壁際にはずらりと使用人が控え、神官たちも勢揃いして、座台に目を向けていた。

夜の、宴の時間だ。香りのいい草を編んで作られた座台の前にはすでに、今回王都へと向かう神子が揃っていた。八人とも肌の透ける特別な服を身にまとっていて美しいのだが、顔に浮かんでいるのは戸惑いの表情だ。

「——陛下」

苦々しい声を出したのはテアーズだった。

「神子が挨拶のために酒をお持ちしたのです。この時間くらいはセレンに……セレン様に離れていただくことはできませんか」

「断る」

「レイ様」

にべもない返事をするレイの手を、セレンは自分の肩から外そうとした。

神の夜の宴、といえば、新しく王族のもとへ迎え入れられる神子たちが、初めて顔を見せて挨拶をする、大切な催しだ。神子は王たちを歓迎するために着飾り、王たちは礼儀をもって接する。ただの酒宴ではないのに、レイはセレンを同席させた挙句、座ってからずっと肩を抱いて離さないのだった。

エリアナは酒席に同席させるわけにはいかないので、乳母とダニエルについてもらっている。

「みんな困ってます。せめて、僕は座台の端にいますから……」

レイときたら、口々にとめる神官たちを引き連れてセレンの部屋まで迎えに来て、セレンが拒もうとしても聞き入れなかったのだ。

おかげで、宴の間の雰囲気はひどく寒々しかった。誰もセレンを歓迎していないし、わがままを押し通すレイに対しては、不満に思っているのが伝わってくる。

「駄目だ。セレンは俺の妃だ。正式な行事ならば余計、隣にいてもらわなくては困る」

レイはかえってセレンを自分のほうに引き寄せ、前に並んだ神子たちを見渡した。

「おまえたちもよく見ておけ。セレンは王宮で神子たちを束ねる立場だ。困ったことや悩みがあれば、彼に相談すればいい」

神子たちは困ったように互いに顔を見合わせ、それからひとりがレイへと向き直った。

「陛下にご挨拶を、させていただいてもいいですか？」

「ああ」

レイは鷹揚に左手に持った杯を差し出した。右手は相変わらずセレンを抱いたままだ。質問した神子はわずかに顔をしかめ、それでも座台に上がってくると、恭《うやうや》しく杯に酒を注いだ。

「ファシーと申します」

見覚えのある神子だった。セレンが下働きとしてここにいたのは四年前までだから、ファシー以外も今回の神子たちは全員知っている。当然、彼らのほうもセレンを見たことがあるはずだ。王宮でことの顛末《てんまつ》を見聞きしていた神子たちはともかく、彼らにしてみれば急に、「このあいだまで神官たちにいじめられていた下働きが王妃になった」としか感じられないだろう。中には複雑な心境の人がいてもおかしくない、とセレンは思う。ファシーはすぐに次の神子に場所を譲ったが、去り際にセレンを一瞥した目つきは決して好意的には見えなかった。

いたたまれずに俯くと、ファシーが座台の後ろを通りながら、低く囁いた。

「泥棒猫が、ひとりでいい思いをする気か」

はっとして後ろを振り返ると、ファシーは無視するように離れていく。

「セレン、どうした？」

レイはほかの神子が酌をしている途中だというのに声をかけてくる。セレンは「なんでもありません」と返した。

「せっかくの神子からの挨拶です。ちゃんと受けてあげてください」

「受けてるさ」

レイは小さな杯を空にすると、また差し出した。次の神子にかわれ、という合図だ。結局誰にも特別には声をかけず、八人が挨拶し終わるまであっというまだった。最後の神子が座台を下りるとしーんとした空気が流れ、ヘレオが忌々しげに呟いた。

「王宮だけでなく、神殿でも横暴とは。まったく遺憾《いかん》です」

「やめなさい」

テアーズが短くたしなめたが、表情はヘレオに同意するかのようだった。神官たちは全員、さめた視線をレイに投げかけていて、セレンは少しでもレイから身体を離そうとみじろいだ。レイが気づいてなにか言おうとしたが、それより早く、テアーズが歩み寄ってくる。

「次にお会いできるのがいつになるかわかりませんから、私からも申し上げておきます」

「なんでも言ってみろ」

「恐れながら、陛下には神子や神官の重要性をご理解いただけていないようだ。王宮の神子殿で多くの神官を解雇なされたことは、致し方ない処置だと我々も納得しておりますが……その後、たった数人しか新しい神官を迎え入れなかったのは、あまりにもひどすぎます」

「神の庭の神殿なら神官の仕事も多いだろうが、王宮ではさほどすることはない。五人で十分だから減らしたまでだ」

レイは自分で酒を注ぎ足して、セレンの杯には桃の果実水を入れてくれた。好きなのを食べていい、と小声で促すレイに、テアーズが眉をつり上げた。

「十分ではないからこうして申し上げているのです。話をしているあいだくらい、王妃の身体を離してはいかがでしょう」

「こうやって抱いていないと、セレンが遠慮するんだ。半分くらいはおまえのせいだぞ、テアーズ」

ぐっとつまって、テアーズが黙った。自分が罪に問われなかったことが、レイの一存なのは彼も知っているのだ。同時に、レイが個人的には許していないこともわかっているのだろう。悔しげに唇を噛み、しかし引き下がることはしなかった。

「陛下には無論、感謝していることもございます。前王の近親の方々が、神子の迎えの一行に加わらなくなったのは正直ありがたい。そそくさと帰らず、滞在を延ばしてくださったのも、以前のよき習慣に戻していただいて嬉しく思っております」

「感謝はするが、文句も言いたいと？」

「文句ではなく、進言申し上げている。あまりに神子や神官、神事を軽んじるのはやめていただきたいのです。二年に一度の神聖な儀式さえ、他人まかせで参加しないような王では、国のさきゆきが不安になりますゆえ」

「今回はこうして来たぞ」

「来たところで、そのようにそばにお気に入りの神子をはべらせて、新しい神子たちをないがしろにしているではありませんか」

「お気に入りの神子ではない。妃だ、と何度も言っただろう」

レイは苛立《いらだ》ったように声を鋭くした。

「セレンは妃となった神子だ。誰よりも深く愛しているから、こうして常に皆にも示している。神の最初のお告げには、これ以上ないほど従っているじゃないか」

「だからといって、前代未聞です」

テアーズも負けじと厳しく言い返す。

「歓迎の宴に、すでに神殿を離れた神子を同席させるなど、一度も記録にはございません」

「記録にはなくとも、いけないという決まりはないはずだ」

レイは酒を飲み干すと上を向いた。

「それに、セレンには約束したんだ。ここの天井を見せると」

セレンはどきっとして、つられるように顔を上げた。地震や神託に気を取られて、天井のことはすっかり忘れていた。

テアーズやヘレオたちは意味がわからず眉をひそめていたが、レイはかまわずにセレンの肩を撫でてくる。

「ほら、セレン。綺麗だ」

神殿の中でも一番大きな広間は、特別な宴――神の夜に王族を迎えるときだけに使われる場所だ。セレンは普段は掃除ですら入ることはなかった。

あのころは宴の間どころか、廊下の天井さえ見たことがなかったけれど、神聖で特別な広間ならば、王宮の天井よりも豪華で美しいに違いない――と思ったのだが、そこには一瞬、なにもないように見えた。

ただの白だ。高い天井までは光が届いていないため、薄暗いせいもあったが、もし模様が描かれていれば、色彩くらいは見えるはずだった。神殿は外観こそ白一色でも、床や壁など内装には水色が使われている場所が多いのに、それさえない。

「これは……見事なものだな」

レイは感嘆したようにため息をついたが、セレンは拍子抜けしてしまった。再度よく目を凝らすと、彫刻がほどこされているのはわかったが、彫り込みが浅くて、どこか稚拙な感じすらする。意匠はどうやら十六角形と草花のようだけれど、これくらいなら王都の市場の天井のほうが、色がある分綺麗なくらいだ。

古い時代につくられたのだろう、というのはわかる。当時の技術ではこれが精いっぱいだったのかもしれないが、セレンにはどうしても、美しい、とは思えなかった。

「神の庭建立の際、百年かけて神官や元神子たちで作り上げた天井です」

テアーズは誇らしげに言った。

「こうした歴史や神聖な神事を守り伝えていくのも我々神官の仕事。神子を育てるのも神官です。神官なくしてこの国はありえないのです」

「たしかに、そのとおりだ」

素直に同意したレイに、テアーズは驚いた顔をして、それから呆れたように目を細めた。

「そうおっしゃるならば、もっと神の庭を敬っていただき、神子を虐げるのはやめていただきたい」

「おまえもしつこいな。虐げてはいないだろう」

レイは嫌気がさしたようにため息をつく。ヘレオが我慢できなくなったのか、一歩前に出た。

「王宮にあがった神子が無為に時間を過ごすのだって虐待です。可哀想に、やることもなく放っておかれる者たちの悔しさが、陛下にはおわかりになりませんか」

「好きでもない男に抱かれるよりはましだと思うが」

「その——その言い方が、神子を軽んじている証拠です！」

ヘレオは大きく身体を震わせた。

「まるで神子を妾扱《めかけ》いではないですか。王がそんなだから、民も神子を敬わないのです。街に放り出された神子がなんと言われているか、陛下はご存じですか？　アルファたちに選ばれなかったから男あさりに出てきたんだろう、などと揶揄《やゆ》されているのですよ」

怒りのこもった声に、セレンは胸をつかれた。ヘレオは神子を軽蔑しているように見えたけれど、本当は誰より、誇りに思っているのかもしれない。

テアーズがなだめるようにヘレオを呼んだ。

「落ち着きなさい。――しかし、ヘレオが申し上げたことは真実です。傷ついて、この町に逃げ帰ってきた神子もおります」

(そんな……)

セレンは全然知らなかった。ヨシュアがいつも楽しそうに過ごしているから、どの神子もあんなふうに、街の人に愛されてうまくやっているのだとばかり思っていた。

(自由になって、幸せになった神子ばかりじゃないんだ)

神子であっても虐げられることがあるのだ、というのは、セレンにとっては衝撃だった。イリュシアで育ったセレンが知っているのは神殿と王宮の中のことだけだから、神子は大切にするもの、というのは息をするのと同じくらい当然のことだ。

レイはセレンを一瞥し、慰めるように背中を撫でた。

「馴染めずに戻った神子がいることは把握している。悪意を完全になくすことは不可能だが、なんの下地もない状態で性急すぎたというのは反省している。変えていくなら時間が必要だというのはよくわかったから、今後は十分に気をつけよう」

理性的で落ち着いた返答に、怒っていたヘレオまでが意外そうな顔をした。テアーズは微妙に悔しそうに顔を背ける。

「気をつけるだけでなく、お約束いただきたいものですな。これからは神官を尊重し、決してないがしろにしないと」

「馬鹿みたい」

ふいに、セレンの後ろから声があがった。セレンだけでなく、レイも驚いて振り返ると、壁際に控えていた使用人の中から、サヴァンが出てくるところだった。

「ぎゃあぎゃあ王を責めたてた挙句に、言うことがそれなの？　逃げ帰ってきた神子なんて、ただ考えが甘かっただけじゃない。世間知らずがちょっと痛い目にあったくらいで泣き言言うのだってみっともないのに、神官を尊重しろってなに？　もっともらしいことを並べておいて、結局権力がほしいだけじゃないか」

「――サヴァン。なぜここにいる」

テアーズは苦々しげにサヴァンを睨みつけた。サヴァンは気にすることなく、座台を回って正面に来ると、テアーズとヘレオを眺め回した。

「僕は人手不足なのを見かねて手伝ってただけだけど、正直びっくりしちゃった。テアーズはもちろんだけど、ヘレオはテアーズのおとなしい子分だと思ってたのに、レイ様に怒鳴るなんてさ。王宮神官長になったら欲が出たのかな。まあ、レイ様が相手じゃ、媚《こ》びたところで取り立ててはもらえなさそうだもん、腹も立つかもね」

憐《あわ》れむような笑みを向けられ、ヘレオはかあっと赤くなった。

「失礼なやつめ。おまえこそ罪人だろうが！」

「ヘレオ。そういう口の利き方は見苦しいぞ」

テアーズは額を押さえてヘレオを制し、サヴァンに向かって手を振った。

「おまえは下がりなさい、手伝いはいらない」

「はぁい。厄介者は消えて差し上げます」

サヴァンはぺろりと舌を出し、悠々と広間を出ていく。ヘレオはテアーズを睨みつけた。

「あんなやつ、追放すべきなのになぜおいておくんです。人には厳しいことを言っておいて、自分は情に流されるなど恥ずかしくありませんか？」

「今はあれの話などどうでもいいだろう。陛下と、神子たちの今後のことを考えなければ」

鬱陶《うっとう》しそうに、テアーズはヘレオを見下ろした。まるで喧嘩をしているみたいで、見ているセレンははらはらした。これでは宴が台無しだ。大切だとテアーズ自身も言った宴の最中で、王の前だというのに、二人とも気にする様子もない。神子たちは異例の雰囲気に気圧されているのか、座台から離れた位置でひとかたまりになっていた。

そっとレイを窺えば、彼は興味深そうにテアーズたちを眺めていた。

「この際だ。テアーズはほかに、俺に言いたいことはないか？」

「――言いたいこと、ですか？」

テアーズは鼻白んで顎を引いた。レイの真意を確かめるかのようにじっと見つめたあと、用心深く答える。

「べつに、ございません。さきほど申し上げたとおりです」

彼の脇で、ヘレオがもどかしそうに口をひらきかけたものの、結局黙り込む。レイはヘレオに対しても、「言ってみろ」と告げた。

「道中はいろいろと忠告してくれたが、今はどうだ、ヘレオ」

「……私も、これ以上お伝えすることはありません」

悔しそうにヘレオは顔を背け、レイは追い討ちをかけるように言った。

「神託は持ち出さないのか？」

びくりと強張ったヘレオの横で、テアーズが怪訝そうに顔をしかめた。

「神託とは、なんのことです？」

「なんだ、テアーズは知らないのか？　たしかヘレオが神託を伝えに来たときに、テアーズをはじめ神官全員の署名がある、と言っていたはずだが」

「あれは――！」

咄嗟《とっさ》にヘレオが反論しかけたが、テアーズはみるみる険しい表情になった。美しい顔が憎悪に染まり、ヘレオを睨みつける。

「私は知りません。神託があった、などという報告は一度も受けていない。まさか、おまえが偽造したのですか、ヘレオ」

「違う！」

「違わないだろう」

ぐっとレイの声が低くなった。

「おまえは嘘をついたんだ。嘘で、セレンも娘も殺すと俺を脅した。念のために神子にも聞こうか？　ここにいる者で、セレンが悪しき精霊の化身だから罰する、というお告げを聞いた者は？」

「違うと言ってる！」

青ざめた神子たちが反応するより早く、ヘレオは喚《わめ》いてテアーズを指差した。

「くだらない私欲で自滅した男が神官長のままだから、我々だけで話しあって陛下に知らせると決めたんだ！　神は私に味方してくださっている！　お告げどおり、地震だって起きた！」

「味方？　お告げに味方も敵もないだろう。神託をでっち上げたのに偶然地震が起きて、内心怯えているのはおまえのほうじゃないのか？」

「怯えてなどいません！　いずれ怯えることになるのは陛下のほうです！」

「ヘレオ！」

叫んだヘレオに、テアーズはつかつかと歩み寄ったかと思うと手を振り上げた。音をたてて頰を叩かれ、ヘレオは呆然と目を見ひらいた。テアーズは冷酷な目つきで、遠巻きにした神官たちに顎をしゃくった。

「捕らえて部屋に閉じ込めておきなさい。神官が神を騙《かた》るのは罪です」

命じられた神官たちは、互いに顔を見合わせる。ヘレオは頰を押さえ、震えながらテアーズを睨み返した。

「おまえが僕を捕らえるなどできると思っているのか！　自分だって罪人のくせに」

「つ、私は罪は犯していない！」

「臆病者が、こそこそと人をけしかけてばかりだったからだろ！　人望をなくし裏では失笑されているというのに、神官長の座にしがみついて威張りちらすなど、僕なら恥ずかしくて耐えられないね」

「黙れ！　今はおまえの罪を問題にしているんだ！」

一番触れられたくないだろう話題に、テアーズも珍しく怒鳴った。ヘレオは自棄《やけ》になったように濁った笑い声をあげた。

「テアーズが罪をおかしていないことになるなら、僕は正しいことをしている！　神託が嘘だという証拠はないんだ。それに、今年に入ってからおかしな現象がいくつも報告されたのは事実だ。小心者のテアーズは、凶兆かどうかはわからないとか言って、王宮には告げずにいたが、それを不満に思う神官だっている。——おまえが神官長だと？　笑わせるな」

ヘレオはテアーズだけでなく、レイやセレンにも歪んだ笑顔を向けた。

「ここにいる全員が愚か者だ！　あとから僕を信じておけばよかった、僕こそが丁重に扱うべき存在だと悟って悔やむがいい！」

怒鳴るだけ怒鳴って、ヘレオはこちらに背を向けた。よろめきながら出ていこうとするのを、神官がようやく追いかけていく。

「軟禁しておけ！」

テアーズが命じたが、追いかけた神官たちに届いたかどうかはわからなかった。足音が遠ざかると、妙に白けた空気が流れて、レイがため息をついた。

「どうやらおまえも、神官たちをまとめあぐねているようだな」

「——普段は、きちんと規律を守らせています」

テアーズは苦々しげに頭を下げた。

「お見苦しいところを陛下にお見せしたことはお詫びいたします。ヘレオのことはおまかせください」

「そういうわけにはいかない。王宮でも彼と結託していた人間がいそうだからな。一度連れ帰らせてもらおう」

「神官の罪を裁くのは、我々神官の管轄《かんかつ》です」

「神殿とイリュシアの中でのことに関してだけだろう」

「まさか、ヘレオを不問にして逃すとでもご心配ですか？」

じろっとテアーズはレイを睨んだが、表情には焦りの色が濃く、自尊心を手放すまいと悪あがきしているようにしか見えなかった。

「その心配はしていない。ただ、テアーズにはほかの仕事をまかせる。ヘレオが言っていた凶兆とやらの報告を、俺は受けていないからな。精査し、隠さずに伝えてもらいたい」

「……故意にお伝えしなかったわけではなく、凶兆とは断定できないような、些細なことばかりだからです。ですが、陛下が知りたいというならもちろん、まとめてお知らせ申し上げる」

再度、慇懃な態度でテアーズが頭を下げた。その姿を、神子や使用人たちまでもが、軽蔑するような目で見ていることに気がついて、セレンは複雑な気持ちになった。

かつてのテアーズは絶対的な存在だった。姿かたちも立ち居振る舞いも誇り高く見え、神殿の中で彼に逆らう人間などいなかったし、厳格さで恐れられるだけでなく、敬っている神官だっていた。それがたった数年で、これほど周囲の見る目が変わってしまうのだ。

（……悪いことって、印象に残ってしまうんだよね。レイ様だって、いまだに王子のころの振る舞いを持ち出して、王に相応しくないんじゃないかって言う人がいるくらいだもの）

どれだけ努力していても、少し間違えばそれだけで、人からの評価は落ちるのだ。

心が塞いでつい俯くと、レイが杯を干して立ち上がった。

「では、宴は終わりだ」

「――――こうなってしまってはいたしかたありませんが」

テアーズは悔しげに、並んだ神子たちを見やった。

「陛下がお怒りになるのはもっともですが……しかし、なぜ今なのです。まずは私にだけ言ってくださればよかったものを」

「神官も神子も揃っていてちょうどいいだろう。見たところ、お告げとやらを聞いた神子はいないようだ」

レイに言われ、慌てたように首を横に振る神子もいれば、怯えたのか俯く神子もいたが、聞きました、と名乗り出る者はいなかった。

テアーズは深くため息をついた。

「ここにいない神子たちにも、念のため確認をしておきます。ですが私が言いたいのは、どうして大切な宴の場でヘレオを糾弾したのか、ということです。どうせ宴など、意味がないと思っているのでしょう？　王宮に連れて帰っても、相手に選ぶ気がおありにならない」

「俺よりも、神子たちのほうが乗り気ではなさそうに見えたがな」

「それもあなたのせいです。セレンを連れてこられては、神子の気持ちが沈むのも当然ではないですか。せっかく踊りの練習もしてきたというのに――――これではもう、宴は続けられません」

テアーズの言うとおりだった。最初から神聖な祝いの席らしい雰囲気ではなかったが、今はもう、完全に重苦しい空気になってしまっている。

レイは面倒そうに「べつにいいだろう」と返した。

「挨拶は受けた。食事だけなら皆俺がいないほうがいいはずだ。セレンは好きなものを運んでもらって、俺の部屋で食べればいい」

座台を下りたレイに手を取られ、セレンは困ってテアーズのほうを見た。案の定テアーズは渋面になっている。

「神殿にいるあいだは不埒《ふらち》な行為は謹んでいただきます。相手がお妃だろうと神子だろうと、神官だろうと下働きだろうと、駄目なものは駄目です」

「誰も不埒なことをするとは言っていない」

レイはテアーズを見ることもせず、セレンの手を引っぱって座台から下ろした。そのましっかりと抱きとめられる。

「これでもう安心だな。おまえを愛することは、神もお許しだ」

微笑を浮かべたレイの瞳は優しかったが、セレンの心に湧いてきたのは悲しみだった。

愛されて嬉しい、という気持ちにはなれない。

「神託のことは、ありがとうございます。エリアナのためにもよかったです。でも」

レイの肩越しに、セレンは神子や神官たちを見つめた。諦めの表情や不満そうな表情、不安げな顔、悔しそうな顔。

「でも、なんだ？」

レイは心配する顔つきになって、セレンの頭を撫でた。

「まだ不安か？　神子たちに確かめるまでもなく、神託は絶対に嘘だから安心していい」

「……レイ様」

そうじゃないんです、と言おうとすると、テアーズがつかつかと近づいてきた。無言で軽蔑されるような環境にいても、彼は職務を放棄する気はないようだった。

「そういう行為が不埒だ、と言っているんです。離れていただけますか。陛下は神官に案内させます」

「俺もセレンと一緒に行く。エリアナはもう眠っているだろうが、顔が見たい」

レイの返事に、テアーズはさらに不機嫌な表情になった。セレンは急いでレイの袖を引いた。

「レイ様。いろいろあって、神官の方々も動揺していると思います。今日はどうか、テアーズ様の言うとおりにしてください」

「動揺していたとしても、俺が家族と過ごせない理由にはならないだろう。おいで」

強く手を引かれ、ぱっと胸に熱が散った。

「い……いやです」

虚をつかれたように、レイが振り返った。セレンはレイの手を振り払って、数歩後退《あとじさ》った。

驚いているレイの表情が悲しい。

「僕は……僕は、こんなことしてほしくありませんでした」

「──セレン？」

「神託が嘘でも、こんなことになったら意味がないじゃないですか。誰も、喜んでくれません。みんなの顔を見てください」

あとからあとから湧いてくるのは、熱くて痛い感情だった。どうして、と呟くと涙がこぼれそうになる。

「どうして、嫌われるようなことばかりするんですか」

テアーズでさえ、失敗すれば評価は地に落ちるのだ。ましてレイは難しい立場だというのに──少しも自分を大事にしてくれない。

「何回も何回も、やめてくださいってお願いしたのに……いつもまともに取りあってくれないですよね。挙句に大切な儀式までめちゃくちゃにするなんて、レイ様はひどいです」

声がひしゃげた。なじられたレイは、ただ呆然と立ち尽くしている。傷ついてる、とわかって、セレンはその横をすり抜けた。

（レイ様は、全然わかってない。僕はレイ様に孤立してほしくないのに。僕が怖いのは神託だけじゃなくて、レイ様が嫌われてしまうことなのに……頑張ろうって思うのも、王妃に相応しくならなきゃって思うのも、レイ様のためなのに）

なぜわざわざ、反感を買うようなことをしてまで、セレンを守ろうとするんだろう。

こらえきれなかった涙が一筋頬をつたい落ちて、セレンは細い廊下を選んで裏庭に向かった。こんな状態では部屋には戻れない。

使用人の使う裏手の棟から、神官や神子の使う建物とを結ぶ廊下が通る裏庭には、夜はめったに人が通らない場所がある。静まり返った小さな区画で庭に下り、廊下を支える柱の陰に座り込んで、セレンはそのまま、抱えた膝に顔を伏せた。

軽い足音が聞こえてきたのは、まだあまり時間が経たないうちだった。

「やっと見つけた。こんなとこにいたの？」

どきりとして隠れようとしたセレンは、驚いて振り返った。

「……サヴァン様？」

「なに、その声」

使用人と同じ服を着たサヴァンは、掠《かす》れたセレンの声を聞くと顔をしかめた。灯りは持っていないが、今夜は後ろに二の月を隠した一の月が眩しいから、互いの表情もよく見えた。

「まさか泣いてたの？　レイ様と喧嘩したせい？」

「知ってるんですか？」

レイをなじってしまったときには、もうサヴァンはいなかったはずだ。

「人に聞いたんだよ。でもべつに、おまえを心配して探しにきたわけじゃないからね」

サヴァンはあたりを見回し、ここでいいか、と呟くと、セレンの隣に腰を下ろした。

「聞きたいことがあって部屋に行ったら、まだ戻ってないって乳母に言われてさ。仕方ないから、宴に参加した神子になにがあったか聞きにいって、喧嘩したって教えてもらったんだ。どうせひとけのない庭かなんかにいるだろうと思って探したんだよ。ちなみに、乳母が不安そうだったから、心当たりがあるのでお迎えにいってきますって言っといてあげたよ。今探しにこられたらいやでしょ」

「それは……ありがとうございます」

部屋に戻らなければ探されるのはわかっていた。それまでになんとか気持ちを落ち着けたかったのだが。

「すぐ戻れると思ったんですけど、ひとりになったら、レイ様に怒っちゃったんだって、気がついて……」

「やめてよ。僕、惚気《のろけ》話って嫌い」

サヴァンはうんざりしたようにセレンを遮った。

「レイ様がヘレオの伝えた神託は嘘だって暴いて、さんざんだったらしいね。宴が台無しだってテアーズが怒って、セレンはレイ様に、どうして嫌われるようなことをするのかって怒ったんでしょ。馬鹿馬鹿しくて吐き気がしそう」

つけつけと言われるといっそう気持ちが萎《しお》れて、セレンは俯いて庭の白い砂を見つめた。

「馬鹿ですよね。レイ様を責めてしまうなんて」

「いや、そうじゃなくて。ていうかまあ、それも馬鹿だとは思うけど、みんな馬鹿馬鹿しいじゃない」

サヴァンは手を伸ばして、セレンの視界に入る砂の上に数字を書いた。

「嘘の神託で王を脅そうって考える馬鹿がいるのもびっくりだし、神子ならともかく、テアーズが宴が台無しになったって怒るのなんて茶番じゃない？　まさかあいつ、セレンをレイ様から引き離して、べつの神子が王子を産むまでつがわせる、とか考えてるのかな。誰が産んだってもうテアーズがちやほやされることはないのにさ」

皮肉や憎悪というより、単に呆れているような口調だった。

「……テアーズ様は、サヴァン様のお父様ですよね」

「あんなの、父親だと思ったことがあるわけないだろ」

サヴァンはセレンにも呆れたような目を向けて、また砂に数字を書く。

「レイ様も馬鹿だと思うな。これ以上神殿を敵に回すのは得策じゃないだろうに、セレンに目がくらみすぎて、わざわざ宴の席でヘレオを責めたわけでしょ。挙句にセレンに怒られてちゃ世話ないよね」

「……レイ様、傷ついた顔してました」

傷つけたり悲しませたりしたかったわけではない。まして今回は、レイがセレンのためを思ってしてくれたことだ。そう頭ではわかっていて、でも、どうしても言わずにはいられなかった。

「僕、最近おかしいんです。怒るなんて悪いことだってわかってるのに、どうしてもとめられない」

もう以前のようにわざと悪者になったりしてほしくない、という願いが間違っているとは思わない。けれど、怒りは負の感情だと、セレンは思う。

「怒ってレイ様を傷つけてしまうなんて——僕は、自分で思っていたよりいやな、悪いやつなのかも」

「悪いやつって……」

はあ、とサヴァンが面倒そうにため息をついた。

「神託ではおまえが悪しき精霊の化身って言われたんだって？　レイ様が嘘だってあばいてくれたのに、気にしてるの？」

「まだ嘘とは決まってないと思います。テアーズ様は知らなかったけど、神子が全員お告げを聞いていないかどうかはまだわからないし——この前、地震もあったし」

「ああ、あの地震ね」

たしかにあれはちょっと怖かったな、と呟いて、サヴァンは砂に書いた数字を消した。

「神子も使用人も怖がってて、神官たちは慌てて記録を探してたよ。僕も読んでみたけど、この町ができてから今までに、何回かあったみたい」

「神殿の近くの砂漠では、ほかにも凶兆が続いてるんですよね？」

「前例がないことはいくつかかね。でも、凶兆とは言えないってテアーズは判断したよ。なにしろ記録にもないから判断がつかないけど、些細なことばっかりだもの。見たこともない姿の鳥が何羽も、なにもないはずの西の方角に飛んでいったとか、時期はずれの砂嵐で、南西からの道が埋まってしまったりとか、そういうのだよ」

僕もあんなの凶兆だとは思わないな、とサヴァンは肩をすくめた。

「ヘレオの言ってた神託では、地震がくるぞって脅かしてたの？」

「大地が怒りに震え、悪しきものを罰して尊いものを奪うって」

「へえ。じゃあやっぱり、ヘレオの嘘なんじゃない？　だってこのあいだの地震では、セレンは怪我もしなかったんでしょ」

さらっと当然のように言われて、たしかにそうだ、とセレンも気づいた。

「そういえば、なんともありませんでした。僕も、レイ様も、エリアナやほかの人にも」

「だいたい、一応神子の僕は神の声なんて聞いてないし、誰かが聞いたって話も知らないよ。王宮ではどうなの？」

「神子殿でも、誰も聞いていないと思います。……聞いていても、僕には言わない人がいるのかもしれませんけど」

サヴァンも嘘だ、というなら、神託は本物ではない、と考えてもいいのだろう。でも。

「でも、作り話だとしたら、ヘレオ様は、どうして嘘の神託を伝えたんでしょう。僕のことが気に食わないなら、神託なんか持ち出さなくてもいいのに」

「セレンは神子だから、神託で否定でもしなければ、誰も文句を言えないからでしょ」

そんなこともわからないのか、という目つきで、サヴァンはセレンを眺めた。

「僕が見てもおまえがお妃様だなんて似合わないと思うけど、陰口とか嫌味は言えても、神子が王妃になるのは当然だもの。それに、ヘレオは神託で警告すれば、自分の重要性を認めてもらえると思ったのかもね」

「重要性、ですか？　今でも王宮神官長ですから、重要な方ですよね」

「出世したいんでしょ。六年に一度の神官長を決める話し合いが来年だから、テアーズにかわって自分が長になりたいんだと思う。……それか、王宮の議会に参加できる身分になりたいか」

「神官って、長老になれるんですか？」

政を担う議会に参加する者はすべて長老と呼ばれるが、どういう仕組みで選ばれているのか、セレンはよく知らなかった。サヴァンはかるく頷く。

「普通は王族の遠縁とか、有力な貴族とかだけど、神官が長老に加わったこともあるはずだよ。

ただ、神官の権力が強くなるのをほかの長老たちが歓迎しないから、めったにないんだって。だから神官が長老に選ばれるには、大きな功績がないとだめなんだ。神官の大きな功績っていったら、神子か神様に関連することしかないでしょ」

「――ヘレオ様から聞いたことがあります。僕は神官になりたかったわけじゃない、って」

セレンは胸を押さえて大きく息を吐いた。

「じゃあ、エリアナに天罰が下ることはないんですね。……よかった」

ほっとしたものの、すぐにやりきれない思いが湧いてくる。

神託は嘘だと断じて一度も信じなかったレイは正しかったのだ。でも、ヘレオの罪を糾弾するなら、ほかの方法だってあったはずだ。

(王宮に戻ってからヘレオ様を罰するとか、テアーズ様を怒らせない方法はいっぱいあるのに……レイ様はやっぱり、疎まれてもいいと思って宴のときに確かめたんだ)

セレンが怯えて気絶してしまうほどだったから、案じてくれたのはわかる。レイはなんでもセレンのためを思ってくれる人だ。そのくせ、セレンの一番の願いは、あまり本気にしてくれない。

僕は怒ってもよかった、と思おうとして、セレンは苦い気持ちになった。自分こそ、ほかのやり方が――伝え方があったはずだ。怒りにまかせてレイを傷つけるなんて、王妃らしくも、神子らしくもない。

「今ごろ、レイ様も怒ってるでしょうか」

ぽつんと呟くと、サヴァンは肩を竦めた。

「知るわけないだろそんなこと。なんで僕がおまえを慰めてやんなきゃならないの。聞きたいことがあっただけなのにいろいろ教える羽目になるし、貧乏くじだ」

「すみません」

込み上げてくる泣きたい気持ちをぎゅっと目を閉じてやり過ごし、セレンはサヴァンに向き直った。

「僕に聞きたいことって、なんですか？」

「………べつに、たいしたことじゃないんだけど」

急に、サヴァンが勢いをなくした。逃げるように庭のほうへ顔を向け、どうしたんだろう、とセレンが怪訝に思うまで黙っていたかと思うと、不機嫌そうな声を出した。

「エクエス様とつがって男の子を産んだのって、リータなんだってね」

「ええ、そうです」

「……リータは、元気？」

「お元気ですよ。僕たちがこっちに向けて出発する前には、もうみんなと一緒にお祈りに参加できていたくらいです」

サヴァンとリータが親しかった記憶はない。リータは誰にでも優しいから、サヴァンも気を許していたのかもしれなかった。

「相変わらず親切で、僕のことも助けてくれているんです。見た目はちょっと大人っぽくなりました。赤ちゃんのことも、とても可愛がってます。僕も会わせてもらいました」

「――そう」

サヴァンの横顔が、さらに不機嫌そうになった。もしかしたらリータが嫌いだったのか、とセレンは慌てたが、ほとんど顔を背けてしまったサヴァンが、小さくなにか呟いた。

「？　すみません、よく聞こえませんでした」

「……だから。エクエス様はどうなのって」

「エクエス様ですか？　もちろん、喜んでましたよ。ただ、僕とレイ様の子が女の子なので、周囲がいろいろ言うのを気にしてくださってます」

「……ふぅん」

気のない相槌《あいづち》を打って、サヴァンは立ち上がった。

「つまり、元気なわけね。レイ様ともうまくやってて幸せってことでしょ」

「そうですね。たぶん、幸せだとは思っていらっしゃるんじゃないでしょうか。相変わらず、レイ様を叱ったり、頭を抱えてたりしますけど」

「――あの人こそ貧乏くじなのに、気にしてないんだろうね」

声が少し寂しげに聞こえて、セレンは意外に思った。よく見れば、サヴァンの耳は赤いような気もする。

（そういえば、エクエス様とつがいたいっていつも言ってた）

「サヴァン様……もしかして、エクエス様のこと好きだったんですか？」

「馬鹿なこと言わないで」

サヴァンはじろっと睨み下ろしてくる。

「全然好きじゃなかったよ。王になるかもしれないから、つがうならこの人がいいって思ってたけど、もう用はないし、ああいう性格って僕、嫌いだから」

「そうですか……気にしてるのはてっきり、お好きだからかと」

「うるさいな。一応恩人だから、義理で聞いてあげただけに決まってるでしょ」

「――サヴァン様って、わりと義理堅い人だったんですね。僕のことわざわざ探して聞くなんて」

頭がいいから、尽くすべき礼儀もよくわかっているのかもしれない。ちゃんとしてるんだなあ、とセレンは素直に感心したのだが、サヴァンは顔を真っ赤にした。

「わざわざ探したのは仕方なくだよ！　宴の手伝いでもぐり込めばエクエス様の話題くらいは出ると思ったのに、全然そういう話にならなかったから」

「だから、探してくれたんでしょう？」

「――っ、セレンに嫌味を言われるなんてすっごい屈辱。もういい、帰る」

「あっ、待ってください」

咄嗟に、セレンはサヴァンを追いかけた。小走りに廊下を戻ろうとする彼の腕を掴む。

「エクエス様のことが気になるなら、王宮に来ませんか？　リータはしばらく子供の世話をすることになるし、僕はまだ知らないことのほうが多いので、サヴァン様がさっきみたいに、いろいろ教えてくださると嬉しいです」

「僕におまえを助けろって言うの？」

「お願いできたら嬉しいです。僕は全然人望がなくて、王妃に相応しくないってみんな思ってるんです。使用人の方たちも全然うちとけてくれないくらいで……でも、僕が神子をまとめるにも頼りないせいだから当然ですよね。でも、サヴァン様なら王妃に選ばれても、きっと立派な振る舞い方ができるでしょう？　見習いたいです」

サヴァンは心底呆れた目をして、大きくため息をついた。

「レイ様は甘いから、セレンが頼めば許可してくれるかもしれないけど、僕はもう王宮には興味ない。だいたい、頼む前に少し考えなよね。僕、おまえを殺そうとしたも同然なんだよ」

「そんな、殺してはいないですよね。売っただけで」

わざと悪く言わなくてもいいのに、と首をかしげると、サヴァンは再度ため息をついた。

「そんなんだから、ヘレオにも馬鹿にされるんだよセレンは」

「……すみません」

来てはもらえなさそうで肩を落とすと、サヴァンはセレンの手を外して横を向いた。月光の届かない廊下の暗がりを睨むように見つめる。

「でも、気になってたことを教えてもらったかわりに、一個くらいは教えてあげてもいいよ。神官とか神子とか使用人にはまあまあ効く、王妃らしくなる方法」

「そ、そんなのあるんですか？」

ぱっと顔を上げて、セレンはサヴァンの手を握りしめた。ぜひ、と言うと嫌そうな顔をされたが、サヴァンは振り払わずに教えてくれた。

「簡単だよ。髪を伸ばすんだ」

「…………髪の毛、ですか？」

「王妃になったってのに、そんな長さじゃつけられる髪飾りも限られるだろ。長いほうが大人っぽく見えるし、結ったり編んだりして、宝石も飾れる。見た目を豪華で大人っぽくして、顎はなるべく上げておくの。常に斜め上を見るくらいの気持ちでいると偉そうに見えるから、侮ってくる相手には効くよ」

「わかりました。髪は、伸ばしてみます」

髪の長さなんて、一度も気にしたことがなかった。習慣で邪魔にならないように切ってもらっていたけれど。

自分の髪に触ったセレンに、サヴァンは「もうひとつ」と言った。

「怒っちゃったこと気にしてうじうじしてるなら、さっさと謝りなよ。辛気臭い顔も他人に嫌われるからね」

ちくん、と胸が痛んだ。彼の言うとおり、レイには謝るべきなのだろう。セレンも、悪いことをした、とは思う。怒るなんてよくなかった——けれど。

「謝れないです」

サヴァンの手を離し、胸の前で両手を握りしめる。石を呑んだように胸が重いのは、怒ってしまったことを後悔しているせいだ。それでも、謝りたくはなかった。

だって謝ってしまったら、レイはまたきっと、同じことをする。敢えて嫌われたり、憎まれたりしてしまうから。

「謝れません」

小さく、しかしきっぱりと言ったセレンに、サヴァンは反論しなかった。

「ま、僕には関係ないから好きにしたら。部屋にはひとりで帰ってよね」

「はい。おやすみなさい。……ありがとうございました」

頭を下げてサヴァンを見送り、セレンは上を向いた。祈りの間や宴の間への裏通路になっている、ほとんど下働きしか使わない廊下でも、天井には模様が描かれている。水色と白の清楚《せいそ》な装飾は、神聖な数字である十六にちなんだ、円のような十六角形に細かな草花を組み合わせた模様だった。

（綺麗だけど、レイ様の部屋の天井のほうが好きだな）

あの部屋の天井は、見上げるたびに幸せな気分になる。毎日見ても飽きることなく、愛される喜びと愛せる嬉しさが込み上げてくるのだ。レイとセレンを結びつけてくれた、大切な天井だから。

きっとレイの部屋の天井なら、誰が見ても素晴らしい、立派だと言うだろう。でもセレンは、例えるなら宴の間の天井みたいなものだ。大切だとされる神子ではあっても、特別なわけじゃない。美しいと感嘆してくれるのはレイだけで、神官にとっては自分の権威を補う道具のようなもの。みんなが内心では「たいしていいものじゃない」と思っている。

（僕は噂《うわさ》になるくらい美しいとか、賢いとか特技があるとかじゃない）

レイが王でなければ、それでもよかっただろう。ひっそりと旅を続ける生き方なら、互いに愛しあっていても誰にも咎《とが》められない。だが、レイは王なのだ。

この国の、大切な王。

四年かけて、レイは惜しみなく愛してくれ、伴侶はセレンだけだと、常に宣言してきた。それでもなお、まったく認められていない結果が、今回の神託だ。ヘレオだって、嘘をつきたかったわけではないだろう。

神託が本物でなかったなら余計に、セレンは気をつけなければならない。これ以上レイが孤立してしまわないように。

王子のころのように疎まれたら、レイがやりたいことだってうまくいかなくなるだろう。きっとレイももどかしく思う。そんなことばかり続いて、喜ぶことよりもがっかりすることが増えたら――と思うと、ぞくりと鳥肌が立った。

いつまでたっても誰もセレンを認めない、とレイが気づいたら、彼も、悟ってしまわないだろうか。いつか見てみたい、と期待していた天井が、全然ぱっとしなかったみたいに、本当はたいして魅力的ではなかったと、目が覚めてしまうことだって、ないとは言い切れない。

そうなっても仕方ない――と思いかけて、セレンは目を閉じて深呼吸した。

(レイ様にがっかりされるのは悲しいもの。レイ様のことは、裏切りたくない)

実際に飽きられたら身を引くしかないけれど、今はまだ愛してくれている。だったら、セレンももう少し努力したかった。

(ほかの神子とつながってもらったり、髪を伸ばしたり――まだやってないこともあるんだから、頑張らなきゃ)

◆　◆　◆

神殿の朝は早く感じられる。神子たちが祈りを捧げる時間は王宮でも変わらないのだが、イリュシアでは彼らの祈る声が、奇妙にはっきりと響いてくるのだった。

祈りの間が特殊な構造になっているのだろう、と思いながら、レイは窓から早朝の空を見上げた。丸一日イリュシアで過ごせる今日は、セレンとエリアナを連れて町を散歩しようと計画してきたのだが。

（……昨日の、あんな声を聞いては誘えないな）

ああいう怒られ方をするのは初めてだった。セレンは声を荒らげたわけではなかったが、ただ悲しげに言われただけなのがかえって殴られたような衝撃で、思い出すとたまらない気持ちになる。

自分が、ひどく情けない。

（まずは――とにかく、謝らなければな）

その上できちんと話をしなければと思うものの、できれば少しでも遅いほうがよかった。昼間はダニエルと一緒にゆっくりしてこい、と送り出すことに決め、レイはこめかみを押さえた。ぐっと強く揉んだとき、入り口の衝立の向こうから声がした。

「レイ様、お呼びでしょうか」

「ああ、入れ」

顔を覗かせたのはサヴァンだ。レイを見て、やれやれ、と言いたそうな表情をしたが、一応お辞儀をしてよこした。

「一度目の祈りが終わったらすぐに、だなんて急用ですか？　なんなら昨日の夜、声をかけてくださってもよかったのに」

「──気づいてたのか？」

「僕はわりとめざといほうなんです。セレンはレイ様が盗み聞きしてるなんて、全然気がついてなかったから安心してください」

サヴァンの意地悪な声と目つきにむっとしたが、盗み聞きではない、とは反論できなかった。

昨夜──レイは一度部屋に戻ったものの、セレンと話をしたくて、彼とエリアナに与えられた部屋へと行ったのだった。セレンが戻ってきてないと乳母も心配そうで、レイは俺が探す、と言ったのだが、すでにサヴァンが探しにいったと教えられた。サヴァンと二人きりにはしたくなくて、あとを追って見つけたときには、彼らは並んで腰を下ろしていた。

思いがけずサヴァンがあれこれと教えてやっているのが聞こえ、少し様子を見たほうがいいか、と柱の陰に身をひそめていたのだが。

(あのセレンが、謝りたくない、と言うなんてな)

普段は謝らなくていいことまで謝るセレンが「謝りたくない」と言ったのは、怒られたのと同じくらい衝撃だった。つまりそれだけ怒ったのだ、とわかって、レイはサヴァンが立ち去っても、セレンに声をかけられなかった。

怒らせた、ということは、傷つけた、ということでもある。それが、レイにはショックだった。

セレンのためを思って行動してきたはずが、独りよがりにすぎなかったかもしれないのだ。これまではエクエスが反対しても、セレンは少し困った顔をしながら、結局はレイのすることを受け入れてくれてきた。だがその裏で——あんなに心配をして、気に病んでいたのだから。

レイは長椅子に腰を下ろして、痛むこめかみを押さえた。

「気がついていたなら話は早いな。セレンの望みどおり、おまえを王宮に戻したい。神子として受け入れることはできないが、セレンの側仕《そばづか》えとして、助けてやってくれないか」

「レイ様って、心底セレンには甘いんですね」

ほとんど軽蔑するような目つきで、サヴァンは首をかたむけた。

「僕のこと、憎いと思ってるくせに」

「憎いに決まっているだろう。おまえのような人間は嫌いだ。——でも、セレンはおまえを恨んでいない」

「そうみたいですね。昨日、いっぱい褒められました。レイ様も聞いてたと思いますけど」

「セレンは優しすぎるんだ。悪意を受けることも多い王宮で過ごすには、俺以外にも支える者がいないとつらいぐらいに」

「だから僕に手伝えって言うんですか？　レイ様ってひどい人ですね。セレンのために、僕にいやな思いをしろって言っているのと同じですよ。僕が王宮に戻ったら、どれだけ蔑まれると思います？」

衝立から一歩内側に入ったきり、サヴァンは近づいてこようとしない。用心深いことだ、と思って、レイは薄く笑った。

「イリュシアでも蔑まれているだろう。罪人のくせに居座っていると、神官も神子も、使用人たちさえおまえとは距離を置いているはずだ。昨日、柄にもなくセレンとたくさん話したのは、悪意なく接してこられて心地よかったからじゃないか？」

「……っ」

かあっとサヴァンの顔が染まった。悔しそうに目を逸らす横顔は、以前より大人びたのに、どこか頼りなく見える。強気に振る舞っていても、この三年は苦しかったはずだ。牢に入れられて罰を受けるよりも、もしかしたら苦痛は大きかったかもしれない。

セレンなら胸を痛めて同情するだろうが、レイは可哀想だとは思わなかった。サヴァンは次の王の母になりたいと野望を抱き、その目標のためにセレンを異国に売り払おうと誘拐させた。間違った情熱を植えつけたのは、父であり歪《いびつ》な欲をつのらせていたテアーズだ。彼らのせいで、レイはもう少しでセレンを失うところだったのだから、サヴァンにしろテアーズにしろ、当然の報いだ。

ただ、多少、感心はしていた。

「セレンがおまえを頼もしく感じるのは理解できる。おまえが勉強熱心なのは俺も知っているからな。俺が即位したころ、ここの蔵書で増やしてほしいものを募ったが、あの一覧を作ったのはサヴァンだと聞いた。題名には目を通したが、歴史に外国語、農業に土木建築、天候についてや動植物について――多岐にわたっていた。今年に入って再び、おまえの筆跡で追加の希望が来た。ということは、以前に希望したものはすべて読み終えたのだろう？　見事なものだ」

「……一度蔑んでおいて、今度は褒めるの？　あんなの、暇だから読んだだけだよ。レイ様の言うとおり、嫌われてるからね」

「王宮に来ても、最初は疎まれるだろうな。でも俺は、ゆくゆくおまえを臣下に迎えてもいいと思っている」

はっとしたように、サヴァンがこちらを向いた。目を見ひらいてレイを見つめ、それから疑《うたぐ》り深く顔をしかめる。

「憎んでるのに取り立てていいの？」

「好き嫌いで人選していては成り立たないだろう」

「神子も元神子も、神官以外の臣下になったことなんてないじゃないか。無理だよ」

「できる」

レイはまっすぐにサヴァンを見、視線を逸らさなかった。レイがセレンにしてやれることは多くない。その中でセレンが喜ぶことは、もっと少ないのだ。

「セレンのために、ひとりでも多く助けてくれる人間がほしい。王宮に来てくれれば、多少の優遇はする」

「——そんなことして、僕がセレンを殺したらどうするんですか？」

サヴァンは強がってか肩をそびやかせた。

「おまえはしないだろう。今更セレンを殺しても自分の利益にはならないからな」

言い返せば、彼はまた悔しそうに黙り込んだ。半ば俯いて考え込むサヴァンに、レイはさらに言った。

「本音を言えば、俺は王位を継がなければよかったと思っている。セレンをあんなふうに悩ませて、慣れない努力をさせてまで、王である意味がわからない。国のこと、民のことを思えば義務を果たしたいとは思うが、王の仕事は俺でなくてもいいんだ。——だが、一度継いだものを手放すのは、そんなに簡単ではない。セレンのために王位を捨てたとわかったら、セレンは自分を責めるだろうから、いざとなれば捨てるが、今は王でいるしかない」

「相変わらず、王位なんてどうでもいいと思ってるんですね。そんな話、なんで僕にするんですか？　テアーズとか、レイ様を嫌っている長老あたりに告げ口したら、もっと立場が悪くなりますよ」

「したければしろ」

レイから見たサヴァンは、賢いかもしれないが欲が強い。どちらが自分の利益になるか天秤《てんびん》にかけて、レイよりほかの誰かを選ぶことはあるだろう。それでも、セレンが信じているから、そこに賭けたかった。

「以前に言われたことがある。正直に真実を伝えなければ、信頼されることもないと。なるほどと思ったから、おまえにも本当のことを話しただけだ」

サヴァンは黙って腕を組んだ。迷っているのだ、とわかって、レイは立ち上がった。

「出発までに決めてくれればいい。俺はテアーズに話があるから、セレンに伝えてくれないか。昼間はエリアナやダニエルと、好きに過ごしてくれ、と」

「……かしこまりました」

ため息まじりに頭を下げて、サヴァンが出ていく。レイはひとり、再び窓際に立った。

ヘレオが振りかざしていた「最近起きている凶兆」は、ほとんど心配していなかった。テアーズにはどんなことが起きたかすでに聞いたが、軽率に吉兆は決められないというテアーズの言い分が正しいと思う。それでも、セレンが気にするだろうから、再度調べるようには言ってあるけれど——気にかかるのは、ヘレオ本人のほうだ。

部屋に軟禁された状態で、帰りの道中も常に見張りをつけることになるから、ヘレオが血迷ってエリアナに襲いかかったりすることはまずないだろう。だが、彼にも別動の仲間がいるはずだ。大砂漠猫の騒ぎのときにダニエルが見つけた痕跡が、ヘレオの仲間が残したものではないか、とレイは疑っていた。

ヘレオはどこか、なにをしでかすかわからない厄介さがある。

（――なにごともなければいいが）

◆　◆　◆

「ヨシュア様は残念でしたね」

片手で軽々とエリアナを抱き上げたダニエルに見下ろされ、セレンは微笑んで首を振った。

「両親と一緒に過ごしたいってヨシュアが言えてよかったです。ナイードも幸せそうだったし」

神の夜の翌日。

セレンはエリアナを連れ、ダニエルに付き添ってもらって町に出てきていた。

ヨシュアたちも誘おうと家に立ち寄ったのだが、抱きついて「ごめんね」と謝られてしまった。両親はヨシュアの予想を超えて二人を歓迎してくれ、ナイードも自然と馴染めたのだという。たくさん話すことがあって、時間が経つのを忘れるほどだったらしい。明日には王都に向けて出発するので、今日もできるだけ両親と過ごしてあげたいと言われ、「もちろんいいよ」と答えて別れてきたところだ。

ヨシュアとナイードが幸せそうなのは、自分のことのように嬉しかった。

（ヨシュアたちだけでも、いいことがあってよかった）

セレンは手を伸ばして、エリアナの服の裾を直した。彼女はダニエルの首筋に掴まって、きょろきょろと通りを見回している。今朝よりは少し元気が出たようだった。

神殿に着いてから、エリアナは微妙に元気がないのだ。熱はなく、食欲もあるのだが、セレンや乳母をじっと見たり、おもちゃで遊ぶでもなくぼうっとしていたりする。しばらく相手をしてやると笑顔になって、普段どおりにおしゃべりしてくれるから、乳母は「心配いらないでしょう」と言うけれど、慣れない環境は緊張するのかもしれなかった。

実際、神殿の中はセレンでさえ居心地が悪い。ヘレオの件があったせいで、静謐《せいひつ》で整っているはずの空気が乱れているかのようだった。

少しは気晴らしになるといいけど、と思いながらエリアナを見つめ、セレンはため息を呑み込んだ。

(レイ様は、大丈夫かな)

レイはテアーズと話すことがあるとかで、一緒には来られなかった。

大通りを歩いて向かっているのは、町の門の近くにある時を告げる鐘の塔だ。塔には鐘を守る老人がいて、ジョウアという。セレンが神殿の下働きだったころ、ヨシュア以外の唯一の友達だった。

昨日までは、ジョウアに会いに、レイにも一緒に行ってほしいと思っていた。けれど昨夜のことがあって、セレンはレイと会えないことに、今朝は少しほっとしてしまった。一晩経っても、まだ謝る気持ちになれなかったからだ。わがままな自分には嫌気がさすのに、ごめんなさい、と言える気がしない。

そのくせ、こうして離れると、どう過ごしているか、怒ったり悲しんだりしていないかと気にかかってしまう。

沈みがちなセレンの心とは逆に、空は眩しい晴天で、町並みは今日も白く美しかった。行き交う人たちは、子供を連れたセレンに気づくと、控えめな態度で道を譲る。話しかけられることはないのでよそよそしく感じられるが、それでも神殿よりはずっと開放的に思えた。

大通りの先にはすでに鐘の塔が見えている。門のすぐそばに塔があるのは、毎日決められた時間に鳴る鐘を町全体に響かせるためだけでなく、イリュシアに続く道を見守る役割も備えているからだ。

堅牢で無骨な造りの塔の上、物見台にいるジョウアが見えないかと目をこらしたとき、ちょうど塔の入り口から人が出てきた。腰が曲がった男性――ジョウアだ。

滅多に塔から出ることのない彼にしては珍しい。近づいていくと、どこに行くでもなくじっと佇《たたず》む彼の目が自分たちに向けられていることに気づいて、セレンは思わず走り出した。

「ジョウア！」

駆け寄ると、ジョウアはぎこちない笑みを浮かべてくれた。

「久しぶりじゃなあセレン。……いや、セレン様、か」

「そんなふうに言わないで。ずっと会いたいと思ってたんだ。……元気で、よかった」

ぎゅっと抱きつくセレンを、ジョウアは慣れない手つきで受けとめる。かと思うとはっとしたように離されて、「お頭」という掠れた声がした。

「ジョウア」

追いついたダニエルが、丁寧にエリアナを下ろす。感慨深そうにジョウアを見つめた彼は、やがてくしゃりと崩れるように笑った。

「お互い歳《とし》を取ったな」

「お頭はまだ若いじゃろうに」

ジョウアも笑ったけれど、目からは涙が溢れていた。それを隠すように、彼は深く頭を下げた。

「ご無事で、本当によかった……」

強く握られた両拳は震えていて、どんな気持ちだったのだろう、とセレンは思う。

ジョウアはかつて、盗賊まがいの仕事をしていたダニエルの仲間だった。ダニエルはセレンの母であるアリアを愛したことをきっかけにその稼業からは足を洗い、仲間は散り散りになったのだという。その後、ダニエルは公には、処刑されたことになっていた。アリアが身籠ったことを知っていたジョウアは、せめて自分がお頭のかわりに子供を見守ろうと、イリュシアにやってきたのだった。

たったひとりで、信頼していた人が亡くなったと信じて、それでもアリアやセレンを恨むことなく、なにも告げずにそばにいてくれたジョウア。やるせない日も、孤独を感じる日もあっただろう。

それでも彼はここにとどまり、ようやく、仲間と再会できたのだ。

ダニエルはジョウアの肩を叩いた。

「俺のかわりにずっとセレンを見守ってくれたと聞いて、嬉しかったよ」

「見守ると言ったって、なにもできなかったも同然じゃが……放ってはおけんから」

「おまえは律儀だものな」

ダニエルはそう言うとセレンを振り返った。セレンは「おいで」とエリアナの手を引いた。

「エリアナ、こんにちはして。僕の、大切な友達のジョウアだよ」

「……こん、わ」

初めて会うジョウアが怖いのか、エリアナはもじもじしている。半ばセレンに隠れて出てこない彼女に、ジョウアは目を細めた。

「また、めんこいなあ。セレンによく似とる」

「目はレイ様と同じなんです。今はおとなしいですけど、普段は元気なんですよ。いたずら好きの猫みたいだって、よく言われます」

「ねこしゃ？」

知っている単語に反応して、エリアナがセレンの服を引っぱった。

「ねこしゃんどこ？　エリーの、ねこしゃん」

「エリアナ様の大砂漠猫なら、町の外で預かってもらっていますよ。大きいおうちを作ってもらっているんです」

ダニエルが優しく言ったが、エリアナは「なでなで……」と不満そうだ。セレンはかがんで娘と視線をあわせた。

「明日会えるよ。楽しみに待ってようね」

「ぎゅー、したい」

「それも明日ね。町からは勝手に出られないから」

「どれ、お姫さんには甘いものでもやろう。お入り」

ジョウアは身を引いて、三人を塔の中に迎え入れた。

入り口から簡素な衝立で区切った奥は、殺風景ながらも暮らせるように最低限のものが揃っている。小さなテーブルに椅子は一脚だけで、ジョウアはその椅子にエリアナを座らせると、サボテンの実を切って出してくれた。緑色の甘い果実は王宮でもよく食べるものだ。たっぷりジャムを載せたパンももらうと、エリアナはようやくご機嫌になった。

おいしそうに口を動かすエリアナを見ながら、ジョウアはしみじみと言った。

「わからんもんじゃなあ。まさかお頭が生きてて、セレンが実は神子で王に選ばれて、こんな子にまで恵まれるなんて」

「俺も初めてセレンを見たときは信じられない気持ちだったよ。確証はないが、よく似ているから緊張したな」

ダニエルは懐かしそうに笑う。久しぶりに敬称をつけずに呼ばれて、セレンはくすぐったく思いながら頷いた。

「父親は死んだって言われていたから、僕も本当にびっくりしました。でも、今は毎日会えるから嬉しい」

「レイ様は思ったよりいい王なんじゃな。前はひどい評判ばかりだったのに、最近じゃ町の外の市場の連中が、みんな褒めよる。神官たちは好かんようだが、あいつらは神官と神子以外は馬鹿にしているような連中ばかりじゃから」

「相変わらず、ジョウアは王も神官も嫌いか」

苦笑したダニエルは、ぐるりと室内を見渡した。台所も造りつけの棚も、物は少ない。掃除しても入り込む砂で床や壁は煤《すす》けたように汚れていた。仕事には勤勉だが寡黙で無愛想なジョウアの暮らしぶりが窺える部屋だ。

「セレンはもう心配ない。おまえも、王都に来ないか。住む場所と仕事先なら都合をつけてやれる」

セレンは息をひそめるようにしてエリアナの頭を撫でた。淡々とした口調でも、ダニエルがジョウアにそばにいてほしいと思っているのが伝わってくる。セレンとしても、ジョウアには穏やかに、少しでも楽に暮らしてほしかった。

ジョウアは台所に向かって、火台にやかんをかけた。

「ありがたいが、お頭には迷惑はかけんよ」

「だったら、故郷に戻るか？　馬も旅費も、俺が用意する。セレンを見守ってくれた礼に、なにもしないのはいやなんだ」

「故郷に帰ることだけはないなあ。あすこはもう、捨ててきたから」

振り返ったジョウアは、にっと歯を見せて笑った。

「ここに居座っていたのはわしが勝手にやったことじゃや、お頭に礼を言ってもらうことじゃない。……まあ、この町にいる必要がなくなったとは、考えてる」

笑っていてもどこか寂しげに見えて、セレンはどきりとした。

「ジョウア……もう少し、ここにはいられない？」

「もう少しって、なんでだね」

ジョウアは驚いたのか小さな目を見ひらいた。だって、とセレンは口ごもる。

彼にとって、この町が決して居心地のいい場所ではないのは知っていた。ジョウアが神官を好きじゃないのは、神官がジョウアをあやしんだり、避けたりするからだ。元神子が多い町の人とも親しくするのを見たことがないから、孤独な生活を続けてくれ、と頼むのは酷だ。でも。

「本当はジョウアが王都に来てくれたら、たくさん会えるから嬉しいけど、せめてここにはいてほしい。僕がイリュシアで友達って呼べるのは、もうジョウアしかいないから。……わがままなのはわかっているけど、またここに帰ってきたときに、会いたいと思う人がいたら嬉しいと思って」

「王の妃が、こんな砂漠の町に戻ってくる必要はなかろうに」

しわがれた声をたてて、ジョウアは笑った。

「だいたいなんで今回はご一緒なんじゃ？　子を産んだ神子を王が連れてくるなんて前代未聞じゃが」

「陛下はセレンを溺愛しているんだ。王宮にいても、できるなら片時も離したくない、と言わんばかりだ」

ダニエルは珍しく、からかうような笑みを浮かべた。

「よほどお好きなようで、セレンが一緒でなければ神の庭には行かないと宣言したらしい。たまに俺にも子供っぽいことを言ったりする」

「……レイ様は優しくしてくださるけど、今回連れてきてくれたのは、約束していたからです」

ダニエルにまで、レイが横暴だと思ってほしくなかった。

「神殿の天井を見たことがないから、いつか見てみたいって僕が言ったことがあって。レイ様はそのころ、僕に褒美をやるって約束してくださっていたから、覚えていて連れてきてくれたんですよ。一度した約束は絶対破らない、誠実な方なんです」

聞いていたジョウアが、納得顔で唸った。

「天井とは……なるほどなあ。ずいぶん大事にされとるわけだ」

「──はい。とても大事にしてくれます」

「それにしちゃあ、浮かない顔じゃないか？」

ジョウアはちらちらとセレンを見ながらお湯の沸いたやかんに直接茶葉を入れ、大雑把な手つきで茶碗に注ぎ分けた。その茶碗を突き出されて受け取ると、セレンのかわりにダニエルが言った。

「昨晩喧嘩をしたらしい。神官たちがひそひそ言いあっていた」

「噂になってるんですね……」

やっぱり怒らなければよかっただろうか、と俯くと、ダニエルが茶碗に蜂蜜を入れてくれた。

「仲直りができないなら相談に乗ろう。レイ様に、陛下から謝ったほうがいいと伝えようか？」

「セレンのようないい子が喧嘩するなら、悪いのは王のほうじゃろう」

ジョウアもうんうんと頷いていて、セレンは焦って首を振った。

「レイ様は悪くないんです。僕はあんなことしてほしくなかったけど、レイ様が僕のためにって考えてくれたのはわかっていますから」

「なのにまだ謝れていない？　普段なら、セレンはすぐ陛下に譲って、謝るだろう」

「そうなんですけど……謝るのは、違う気がしてしまって」

甘いお茶を一口飲んで、セレンはエリアナのために、パンにジャムを塗ってやった。

「――謝ったら、レイ様はまた同じことをすると思うんです。僕のために、ほかの人に嫌われてもいいって考えてしまう。それは絶対にいやで、昨日はすごく悲しくて……でも、もとはといえば、僕のせいなんですよね」

セレンが吐き出す声を、ジョウアとダニエルはじっと聞いていてくれた。父が二人いるみたいだな、と頭の片隅で思いながら、何度もエリアナの髪を撫でる。

「僕がもっとちゃんとした神子だったら、誰もお妃に相応しくないなんて言わないでしょう？　みんなが認めてくれるような人なら、レイ様が僕だけ愛していても眉をひそめられずにすむ。僕はレイ様が悪く言われるのが一番いやなのに、評判が落ちる原因は、僕なんです。――僕は、」

目を閉じてしまえば、浮かぶのは葡萄畑だ。結ばれる前に城壁から見下ろした、夕方のあの景色。鷹をかたわらに連れたレイはすがすがしくまっすぐで、強くて、同時にひどく寂しげだった。

「僕は、レイ様と一緒なら、同じものを見られるって思ってた。並んでいれば同じものを見てわけあえて、レイ様をひとりぼっちにしなくてすむって。でも――今は、自信がないです。前だって自信があったわけじゃないけど、迷惑ばかりかけていて……でもそばにはいたくて、もどかしくて悔しい」

「セレンは、陛下を愛しているんだな」

ダニエルが、大きな手をセレンの背中に添えた。あたたかさに震えてしまい、エリアナが怪訝そうに見上げてくる。青くてあどけない瞳を見ると、せつないくらい胸が痛んだ。

「はい。愛しています」

できるなら、今すぐにでもレイに抱きつきたい。強く抱きあって、口づけをして、好きだと伝えて……それですべてがうまくいくならいいのに。

「愛しているなら、陛下には素直に伝えるといい。今俺たちに話したことも全部、素直にね」

「こんな、ただのわがままみたいなことを？」

支離滅裂で理屈だって通っていない。振り返ると、ダニエルは「それでもだ」と頷いた。

「わがままだろうと、自分勝手だろうと、まずは話してみなければ。伝えてみたら、自分で考えるよりもずっといい解決策だって見つかるかもしれないだろう？」

「話しあっても喧嘩別れするなら、あっちが反省するまでイリュシアにいたらいい。心配せんでも、わしももうしばらくはここにおるから」

ジョウアも近づいてきて慰めてくれる。

「どこに旅立ってもいいが、わしなりに友達もおるしな」

「陛下のほうがわがままを言い張るなら、俺もセレンと一緒に残る」

かわるがわる励ますように言われて、セレンは熱くなった目元を拭った。昔とは全然違うと実感する。味方がたくさんいて、寄り添って支えてもらえるのは心強かった。

「ジョウアに友達ができたならよかった。寂しくないかなって、心配だったから」

「なんならセレンにも会わせようか？　おまえさんのことなら、あいつらも気に入る。お頭も、姫さんも連れて、町の外で飯を食うのはどうだ？」

「ありがとう。でも、エリアナも僕も、勝手に町の外に出るわけにはいかないから」

心遣いは嬉しかったが、昼には神殿に戻らないと、乳母も心配するだろう。

「ダニエルは行ってきてください。僕ひとりでも、神殿までなら戻れます」

「ひとりは駄目です」

ダニエルは父親の顔から護衛の顔つきになった。

「私は大砂漠猫の様子も見てくるよう言われているので、ジョウアと一緒に行きますが、別の護衛が外で待っているはずです。彼と一緒に戻ってください」

「わかりました。……じゃあジョウア、またね」

「ああ。元気でな」

名残惜しげにしながらも、ジョウアは笑みを浮かべてくれる。ダニエルは床に膝をつき、エリアナに話しかけた。

「神殿に戻ったら、新しいおもちゃが届いているはずですよ。大きな城が作れる積み木だから、あとで私に見せてください」

「おしろ？」

「ええ。エリアナ様が暮らしている王宮みたいな、おうちです。作れますか？」

「……ん。れる」

神妙な顔で頷く仕草が可愛らしくもおかしくて、セレンはほっとして抱き上げた。素直なのは、気分や体調がいい証拠だ。

「よかった。ダニエルと一緒に行くってごねるだろうと思ってたから、助かりました。……ダニエルは、子供の扱いも慣れてるんですね」

「エクエス様やレイ様が小さいころは、よく面倒を見ましたからね。気分的には、レイ様も息子みたいなものです。今はありがたいことに、義理の息子になってくださいましたが」

笑って立ち上がったダニエルは、一度だけセレンの頭を撫でた。

「私は、セレン様とレイ様は、似合いの二人だと思いますよ」

「――ありがとうございます」

大丈夫、と背中を押されたようだった。ようやくレイにも謝れる気がしてきて、セレンはぎゅっと娘を抱きしめた。

四度目の祈りを部屋で終えたあと、セレンはサヴァンを呼んでほしい、と使用人に頼んだ。呼び出されたサヴァンは迷惑そうな表情を隠さなかったが、「レイ様に会いたいんです」と言うと、黙ってついてくるように促した。

案内されたのは祈りの間だった。中にいるから、と小声で告げたサヴァンは足早に去っていき、セレンはこっそりと覗き込んだ。

昼でも、祈りの間はほの暗い。祭壇にだけ蝋燭《ろうそく》がともされていて、その前でレイはひとり、跪いていた。こうべを垂れ、なにか一心に祈っている。

(……レイ様がお祈りしているところ、初めて見た)

通常、祈りを捧げるのは神子の役目だ。けれど一般の人たちも、願いごとがあるときや感謝したいときなど、街に造られた神殿で祈ることがある。王族も祈ることはあるのだが、儀式で形式的に祈るのとは違い、レイの後ろ姿は真剣だった。

声をかけるのははばかられて、セレンは柱のそばに佇んだ。

きっと長くかかるだろう、と思ったのだが、わずかに吹き込んだ風で蝋燭の火がゆらぎ、レイはそれに気づいたように頭を上げた。振り返った彼と目があって、ずきん、と心臓が痛む。

レイはひどく落ち着いた表情をしていた。

「ちょうどよかった。おまえのことを祈っていたんだ」

「僕のこと、ですか？」

「セレンがまだ俺を好きでいてくれますように、と」

「つ、そんな――」

セレンはレイに近寄って、同じように膝をついた。

「僕、レイ様を愛しています。……昨日は、怒ってしまってごめんなさい」

「いや、セレンが怒ってくれてよかった。おかげで、独りよがりだったと反省できた」

レイは穏やかな微笑を浮かべて、セレンを見つめてくる。

「ヘレオが不満を募らせるのも、俺がセレンに関しては譲らずに頑固だからだ。それがわかっているから、エクエスは時間稼ぎでいいからつとめを果たせと言うし、セレンも俺に、ほかの神子を抱けと言うんだ。でもそうやって妥協するのは、ずっといやだった」

見つめあったまま、セレンはただ小さく頷いた。知っている。誰がなにを言っても、レイは一度も態度を変えなかった。セレンを愛している、セレンだけを愛すると――セレンがオメガだとわかる前から、言ってくれた。

「セレンとの関係だけは大事にしたかったんだ。誓ったことや約束したことはやぶりたくない。……だがセレンを悲しませては意味がないことを、怒られて実感した」

伸ばされた手がセレンの髪を梳く。指先は耳朶に触れると、珍しく冷たかった。

「いくら助言してくれても俺が言うことを聞かないから、つらかっただろう？」

「――いいえ。いいんです」

「よくない。おまえのためならなんでもする、と言うなら、俺のほうが折れるべきだった。意地や自尊心などどうでもいいんだ。気がつくのが遅すぎたが、これからはよく考える。なにがおまえにとって一番幸せで、苦痛じゃないかを。セレンが本当にいやじゃないのなら――望むなら、ほかの神子ともつがうことも考えなければと思っている」

「レイ様……」

考えてくれたのだ、という安堵と同時に、どうしようもない寂しさが襲った。レイが自分以外の誰かを組み敷く姿が目に浮かび、胃の底が冷たく焼ける。

（いやだ）

やっぱりいや、と強く思ってしまい、セレンは無理に微笑んだ。

「よかった、です。ありがとうございます」

「俺がそうしたら、セレンはほっとするか？　いやだと思ったり、つらかったりしないか？」

レイの手は労るように頬に触れてきた。じっと見つめる視線は、セレンのわずかな迷いも見逃すまいとするようだ。セレンは大きく頷く。

「もちろんです。僕も……レイ様に謝って、もう一度お願いしようと考えてたんです。予定どおり、王宮に帰ったらほかの神子の方を選んでくださいって」

今さら言えるわけがなかった。あんなに怒っておいて、でも自分だけがいい、なんて。

「エクエス様も安心すると思います。……お相手は、今回迎える方たちから選ぶんですか？」

「まだ決めていない。王宮に戻るまでに、考えようと思っている」

レイはそう言うと、気乗りしなそうなため息をこぼした。

「選ばなければいけないのはわかっているが、楽しいことではないな。――セレンが、また発情してくれればいいいんだが」

「――っ」

強い悲しみが駆け抜けた。表情を取り繕えず、気づいたレイが慌てて抱きしめてくれる。

「すまない、言うべきじゃなかった。責めたわけじゃないんだ。ただ……セレンの身体に変化がないのは、俺に愛される立場を負担に思う気持ちがあるからかもしれない、と考えたことがあるから。王妃になって大変なことも多ければ、疲れて当然だ。俺に対する気持ちが変わっても仕方ない」

「……僕は、レイ様が好きです」

泣き出したくなりながら、セレンはレイの服の端を掴んだ。慰めてくれる言葉がかえって苦しい。負担に思うかもしれないとか、疲れて当然とか、気持ちが変わっても仕方がないとか
――それはそのまま、セレンがレイに思うことだ。

一度結ばれたからといって、それは不変ではありえない。人の評価が移ろいやすいのと同じくらい、気持ちは変わるものだ。

怖い、と思うと震えそうで、抱きつくかわりにそっとレイの身体を押す。

「僕、もっと頑張りますね。髪の毛も伸ばします。王妃らしくないことはしないように気をつけて、神官様たちにご迷惑をかけないように、努力します。議会の方たちに認めてもらうのは時間がかかってしまうと思うけど、リータやヨシュアにも改めて相談して、いい神子になります。レイ様がほかの神子とつながってくださっても、僕が頼りなければ意味がないですもんね」

「セレンはもう十分すぎるくらい頑張ってるじゃないか」

離れようとしたセレンの両手を、レイは握りしめてくれる。いいえ、とセレンはかぶりを振った。

「まだ十分じゃないです。使用人の方たちにも遠巻きにされるくらい、お妃様には相応しくないですから」

振り払ったように見えないよう、レイの手から慎重に逃れて、セレンは俯いて立ち上がった。

「エリアナが待っていると思うので、もう行きます。——レイ様」

聞いてしまいたい衝動が込み上げて、喉がつかえた。

レイ様こそ、がっかりしていませんか？　別の神子とつながったら、セレンはたいしたことがなかった、と気がついたりしませんか？　特別な魅力も能力もないのだと目が覚めて——失望しても、そばにいさせてくれますか？

溢れてきそうな問いを飲み込んで、セレンは深く頭を下げた。

「本当に、ありがとうございます」


早朝の出発は、あまり気分のいいものとはいえなかった。

正門の外ですっかり支度を整えた隊列へと、最後に連れられてきたのはヘレオだった。虚言で王を騙そうとしたとして、ヘレオは王都での正式な裁きを待つ身だ。ヘレオは真実だと言い張り続けているが、神殿では格子のついた軟禁部屋——事実上の牢に入れられていた。

着ているものは神官服のままだが、位をしめす頸垂帯は剥奪《はくだつ》されている。縄は打たれていないものの、両脇にはぴったりと護衛が付き添っていた。

ヘレオは馬車や馬に乗ろうとしているセレンたちを見ると、大声を張りあげた。

「神託は本物だ！　今のうちに考えを改めなければ、私を捕らえ侮辱したことを後悔することになるぞ！」

泡を飛ばして叫ぶ姿に、神子たちの顔には恐怖が浮かぶ。セレンも背筋が冷たくなって、脚にすがってきたエリアナを抱き寄せた。ヘレオの視線はセレンに注がれていて、目があうと残忍なかたちに唇がつり上がった。

「おまえがすべて悪いんだぞ、セレン！　罰を受けるがいい！」

セレンは逃げるように視線を逸らした。馬車に乗り込む背後で、護衛がヘレオを厳しく制するのが聞こえてくる。

と、馬車の乗り口からヨシュアが顔を見せた。

「ごめんね、今日だけ一緒に乗らせてもらってもいい？」

「もちろんいいよ。――もしかして、具合悪いの？」

「そんなにひどくはないんだけど、疲れが出たみたいでくらくらするんだ。日差しを浴びるのはつらいだろうって、レイ様がセレンの馬車に乗るようにすすめてくれたんだよ」

レイの名前を出されて、一瞬、彼がセレンを気遣ってくれたのかもしれない、と思ったが、たしかにヨシュアは元気のない様子だった。怖がるようにくっついて離れないエリアナを隣に座らせ、乳母とヨシュアには向かいに座ってもらう。

ほどなく、一行は神殿を出発した。大通りを通って町を出るまではごくゆっくりと、門を抜けると速度を上げて、砂漠の中の道をゆく。

夏の日差しは朝から眩しく、イリュシアの町の外に出ても、砂漠が白く光って見えた。青地に鷹の意匠の旗が翻《ひるがえ》る上空では、鷹がゆっくりと旋回していた。

隊列は行きよりも長く、四台の馬車が加わっている。三台は神子たちが、もう一台はヘレオが乗る馬車だ。神殿からは急遽《きゅうきょ》、ヘレオの代理をつとめる神官が馬で加わっていた。長くのびた隊列のうしろに見える城壁を、ヨシュアは名残惜しげに振り返っていた。乳母は優しくエリアナにおもちゃを差し出したが、気がのらないのか、彼女は首を横に振るばかりだ。

今日もやはりおとなしい。

「これで、またしばらくは来られないなあ」

独り言のようにそう言って、ヨシュアが座席に身体を預けた。

「昔は嫌いで、早く出ていきたいって思ってたのに、今は懐かしいなんて不思議な感じ」

「ヨシュアはご両親もまだここにいるもんね」

目を閉じたヨシュアは少ししんどそうだった。

「やっぱり具合悪い？　お水もらおうか」

「ううん、大丈夫。たぶん、はしゃぎすぎたんだと思う」

ヨシュアは目を開けると、いたずらっぽく笑ってみせた。

「両親とナイードが仲良くなってくれたから嬉しくて、出してもらったご馳走を食べすぎたんだよね。近所の人たちもお菓子とか果物とか、たくさんくれるんだもの。ナイードも二日酔いになったくらい」

「そうだったの？　楽しく過ごせたみたいでよかった」

「セレンにはごめんね、ジョウアにも会ってみたかったのに、昨日断っちゃって。次来ることがあったら、みんなで会いたいな」

「昨日は断ってくれたほうが嬉しかったよ。今回はナイードと両親に会ってもらうのが一番の目的だったんだもの。ジョウアも、もうしばらくはイリュシアにいてくれるみたいだから、きっとまた会えると思う」

答えながら、自分が次イリュシアに来ることはあるのだろうか、とセレンは思う。王宮に戻れば、セレンの立場はこれまでとは変わる。レイがほかの神子を選んだら、その人を皆で支えるべきだし、無事に子供が——アルファが生まれれば、第一に優先されるのは王子を産んだ神子になるのだ。

少なくとも二年後の神の夜に、セレンが戻ってくることはないし、それまでもそのあとも、正当な理由もなく、行かせてもらうのは難しいだろう。

(やっぱり、ジョウアには王都に来てって頼めばよかった)

「エリアナは？　ジョウアと仲良くなれた？」

「じょーあ？」

ヨシュアに話しかけられたエリアナが首をかしげる。セレンはかるく頭を撫でてやった。

「昨日会った人だよ。サボテンの実を食べさせてもらったよね。おいしい、したでしょ」

エリアナはしばし考え込んでからこっくり頷く。

「おいちー、した。きのう」

「うん、昨日ね。ダニエルが新しいおもちゃもくれたね」

「おしろ、おーち」

「お城と、おーち？　王子かな？」

ヨシュアがエリアナを真似して、そっくりな動きで首をかしげた。くすっと笑って、セレンは説明した。

「お城とおうち、だよ。積み木のおもちゃなんだ。ダニエルは神の夜の日に、わざわざ町の外の市まで行って買ってくれたみたい」

「ダニエルにとっては可愛い孫だもんねえ。孫ってすごく可愛いらしくて、お母さんに楽しみにしてるって言われちゃった」

ヨシュアはそこだけ、悩ましげにため息をついた。

「結婚を認めてくれたのは嬉しいけど、次は赤ちゃんねって簡単に言われると、このあいだまで反対してたくせにって思っちゃう。――僕だって授かりたいけど、これまでうまくいってないし」

「……そっか。身体のことだから、思いどおりにはいかないよね」

セレンは寂しく思いながら、エリアナを見つめた。なにやら一生懸命、服の紐をいじっている。無心な横顔を見るだけでも愛おしくて、産んでよかった、と思えた。

レイが隣にいてくれない時間が増えても、エリアナがいる。これからはもっと愛してあげなくちゃ、と思いつつ、セレンは彼女の髪に口づけをした。

ヨシュアが足元に置いたかごからぬいぐるみを出して、エリアナに渡した。

「エリアナ、うさぎさんのリボン結び直してあげたら？」

「……ん。むしゅぶ」

さっきは拒否したぬいぐるみで、やっと遊ぶ気になれたようだ。受け取ったエリアナに目を細めてから、ヨシュアは明るい表情を見せた。

「でも、そのうち授かれると思うから、あんまり心配しないことにしてるんだ。王宮を出たあとはなかなか発情期が来なかったけど、今思うとナイードがいないこともあったから、かえってよかったかなって。最近は周期も安定してきたから、生まれたらエリアナにも仲良くしてほしいな」

「もちろん、僕も友達になってほしいよ。エリアナのほうがお姉さんだね」

「その前に、エリアナには血のつながった弟か妹ができるかもしれないけどね」

ヨシュアがからかうように片目をつぶってみせた。

「道中はいちゃいちゃし足りなかったでしょ。レイ様は早く帰ってセレンと二人きりになりたいって思ってるんじゃない？」

なにも知らないヨシュアの悪気のない言葉に、セレンは微笑もうとして失敗した。

ヨシュアがぎょっとしたように腰を浮かせ、慌ててセレンの横に移動してきた。

「どうしたの？　喧嘩したわけじゃないよね？　僕、無神経なこと言っちゃった？」

「ううん。……ただ、」

セレンは自分のおなかを見下ろした。ヨシュアにはいろんなことを話しているけれど、大勢の前でなじってしまったことや謝られたことは、まだ話せそうになかった。

（でも……発情期のことなら――）

普段は街と王宮に離れていることもあって、エリアナを産んでから一度も発情期が来ていないことも、打ち明けていないのだ。

「実は……僕、発情期が来なくて」

「周期が安定しないなら、そんなに気にしなくていいと思うよ」

慰めるように、ヨシュアは肩を抱いてくれる。

「神子殿なら環境も整ってるし、規則正しい人も多いけど、風邪を引いたり不安なことがあるだけでも来なかったりするから」

「でも、エリアナが生まれてから一度もないのは、変だと思わない？」

横目でヨシュアの顔を窺うと、彼はうーん、と唸った。

「一度も？　てことは、三年くらい、だよね」

「うん」

「子供が生まれるとしばらくはならないって聞いたことはあるけど、どれくらいの長さかは人によるんじゃないかなあ。お医者様は？」

「お医者様も、そういう時期があるのはおかしくないって言ってくれたんだけど……長すぎる気がして」

「そうだよねえ。出発前に相談してくれたら、お母さんに聞いてきたんだけどな」

残念そうに呟いて、それからヨシュアは優しい表情になった。

「でも、体調が悪くないなら大丈夫だと思うよ。あんまり心配しないで。不安だったらレイ様に言えばいいし、気になることがあったらほかの神子にも聞いてみるといいよ。誰でも一度くらいは不安になったことがあるはずだから、助けてもらえると思う」

「ありがとう。リータにも相談してみる」

無論、相談して安心できても、発情期が来るとは限らないけれど。

おなかに手をあてて、なれるといい、とセレンは思う。もしまだできるなら、王都につく前に発情してしまいたい。

昨日の、寂しそうだったレイを思い出す。セレンが考える以上に、発情しないことはレイも苦しめていたのだ。

もちろん、発情したからといって、必ず身籠るわけではない。身籠った子供の性別だってわからないのだが、発情しなければ「もしかしたら」と期待することもできない。

（今ならまだ、僕が発情できたら、レイ様もほかの神子を選ばなくてすむんだよね）

神様に祈って頼んでもいいだろうか……と考えていると、ヨシュアがぎゅっとセレンの腕にしがみついた。

「セレンの気持ちもわかるな。エリアナ、すごく可愛いもんね。僕がセレンでも、『もうひとりほしい』って思っちゃう」

「……うん」

そんなに綺麗な動機ではないから、無邪気なヨシュアの様子が後ろめたかった。にこにこ笑顔のままのヨシュアは、内緒話のように囁いてくる。

「ナイード以外となんていや、って思ってたときに、先輩神子にちょっとだけ聞いたことがあるんだけど」

「どんなこと？」

「身体にはあんまりよくないけど、発情期をわざと早めたり、遅らせたりする薬草もあるんだって。そのときはほしいなって思ったけど、自分以外の神子に使う人がいるとまずいから、神殿ではもちろん禁止だし、王宮では手に入らないらしいよ。毒ではないけど毒と同じ扱いで、持ち込んだら厳罰なんだってさ。そういう薬草があるなんて、よく考えたら怖い話だよね」

「……うん」

誰かに知らないうちに使われるとしたら、たしかに怖い。けれど一瞬、本当に発情できるなら、という考えが頭をよぎった。

（どうやったら手に入るんだろう）

真顔で考え込みかけたセレンに、ヨシュアはなぜか、ふふふ、と笑った。

「でも僕、効きそうな方法知ってるんだよね」

「――効きそうな方法？」

「簡単だよ。いつもよりいっぱいいちゃいちゃするの。ちゃんと夜に、甘ーい雰囲気にしてね、大好き、幸せって感じられるようにするんだよ。レイ様はくっつきたがりだけど、セレンは遠慮しちゃうから、自分から積極的に甘えてみたら、効きそうな気がしない？」

「……気がしない？　って」

セレンは真面目に聞いていたのだが、ヨシュアが最初から笑っていたことに気がついて赤くなった。

「も、もしかしてからかったの？　本気にしたのに！」

「からかってないよー。セレンはもっと甘えてもいいと思うから、言っただけだもん。これなら身体にも安全だから、試してみたら？」

「しないよ！」

「わっ、エリアナ、助けて」

笑ってヨシュアはセレンから逃げる。エリアナを盾にされるとそれ以上文句も言えなくて、セレンは顔を押さえた。

いっぱいいちゃいちゃ、くらいで発情できるならセレンだって悩んでいない。たしかにセレンから頼んだりはしていないが、そんな暇もないくらいレイが優しくしてくれたのだから、ヨシュアの言うことが真実だったら、三年も途絶えたりしないだろう。

だが、薬草ならば、そういう効能のものがあっても不思議ではない。

(気になるけど……探して飲んだのがわかったら、叱られるだけじゃすまないよね。甘える——のは、やったらレイ様が、喜ぶかもしれないけど)

でも、それも今さらではないだろうか。

すでに発情したならともかく、レイがほかの神子も選ぶ、と決心したあとで甘えたり求めたりしても、いい結果になるとは思えない。

(……だめだ、やっぱりやめておこう。レイ様が僕のために決心してくれたんだから、僕は僕ができることで努力しなきゃ)

ぬいぐるみを使って兄弟ごっこをはじめたヨシュアとエリアナを見ながらそう戒めて、もし機会があったらでいい、と思うことにした。

(もし、レイ様が次に求めてくれることがあったら、痛いのは我慢しよう。ほかの神子とつがってもらったあととか、身籠ったあととか——まだレイ様が、愛したいって思ってくれたら、抱いてもらえばいい)

もしかしたらそのころには発情できているかもしれないし、と考えて自分を慰めて、セレンは胸の内で繰り返した。大丈夫。もう二度とレイと触れあえないわけじゃない。まだ、レイに見放されたわけじゃないから、大丈夫だ。発情したい、と願うより、レイが喜んでくれることをしよう。

(僕は平気だもの)

繰り返すほど身体の真ん中を隙間風が抜けていくような気がしても、寂しいのはきっと今だけだ。

一心にそればかり考えていたセレンは、すっかりヘレオのことが頭から抜け落ちていた。

翌日の昼、一行は大きな岩がいくつも隆起した近くで休憩することになった。日陰が多く休むのに適したこの場所は、イリュシアと王都をつなぐ街道では定番の休憩地だ。

「今日は蒸し暑いですから、少し長めに休憩を取るそうです。食事を終えたら、エリアナ様には大砂漠猫と遊んでもらいましょうか」

馬車から降りるのを手伝ってくれたダニエルの言葉を聞いて、朝からぐずり気味だったエリアナがやっと目を輝かせた。

「ねこしゃん!」

「エリアナって本当に動物が好きなんだね」

今日はナイードと並んでロバに乗っていたヨシュアが、しっかりと彼に抱きつきながら微笑ましそうにする。セレンはしゃがんで娘に言い聞かせた。

「遊んでもいいけど、ダニエルを困らせないでね。昨日の夜、いっぱいわがままを言ったでしょう」

「……ゆってない」

「言ったでしょ。猫さんと寝るって言って、きかなかったんだから」

挙句にわんわん泣いて、乳母にも苦笑されたのだ。泣き疲れたあとは寝てしまったが、普段よりもずっと手がかかって、セレンも泣きたくなった。

むにっと唇を曲げた娘の頬を、両手で包んでやる。

「レイ様が一緒に寝たこともあるって言ってたから、王宮に戻ったら寝てもいいか、聞いてみようね。今日はいい子にして。猫さんだって疲れちゃうから」

「……ちゅかれると、ないちゃう？」

「うん。猫さんも泣いちゃうかもしれないね。だから、優しくしてあげてね」

「はぁい」

エリアナが頷いた。そのままぽすんと抱きついてきたのを受けとめると、使用人が控えめに声をかけた。

「お食事の用意ができました」

「ありがとうございます、すぐ行きます」

返事をして立ち上がり、セレンはふと使用人を見直した。日よけの頭巾も砂よけの口覆いもしたまま、ずっと俯いている。ヨシュアたちが連れ立って彼の脇を通り過ぎていき、セレンはエリアナの手を引いて彼に近づいた。

「もし具合が悪いなら、無理をしないで休んでください。エリアナがいるので、王都まであと六日はかかると思いますから」

「……お気遣いいただき、ありがとうございます」

小声で礼を言う声は少し不自然だった。無理に低くしたようだが、聞き覚えはある。でも、王宮から一緒に来た使用人にはこんな声の人はいなかったはずだ。

伏せられた顔を覗き込もうとして、セレンは目を丸くした。

「サヴァン様!?　どうして——」

「しーっ！　騒がないで！」

頭巾の下から、猫のように気の強い目がセレンを睨んだ。

「レイ様に頼み込まれたから仕方なく来てやったんだよ。でも、まさか神子と一緒に馬車ってわけにはいかないでしょ。目立ちたくないから、王都に着くまでは気づかないふりしてて」

「レイ様の……そうだったんですね」

びっくりしたが、すぐに嬉しくなって、セレンは彼に微笑みかけた。

「嬉しいです。来たくないって言っていたのに、ありがとうございます」

「なに喜んでるのさ」

眉をひそめていやそうにしたサヴァンは、それからにやりと笑みを浮かべた。

「そっか、僕がレイ様になにを頼まれたか知らないんだ？」

「え……？」

そういえば、レイには、サヴァンに来てほしいと思っている、とは伝えていない。急に不安になると、サヴァンは得意げに胸を張った。

「ほら、僕って一度発情期にアルファの方に抱かれてるでしょ。だから時期が来るとけっこうつらいんだよね。王宮に行くかわりに、レイ様が抱いてくださるんだよ」

「——レイ様が？」

「そう、レイ様が。だってお相手を探してるんでしょ？　おまえ以外の、さ」

挑発的な視線を投げかけてきたサヴァンに、セレンはきゅっと娘の手を握りしめた。……では、レイは「セレン以外につがう相手」として、サヴァンを選んだのだ。

「僕が王子を産んじゃうかもね」

サヴァンは楽しげに囁くと、足取りも軽く先に行ってしまう。エリアナが心配そうに見上げてきて、セレンは咄嗟に笑い返した。

「大丈夫、行こうか。おなかすいたね」

「うん……」

セレンが動揺したからか、エリアナはしょんぼりした様子だった。食事の用意された敷物へ着くと、レイはすでに座っていたが、エリアナはそちらには駆け寄らず、セレンから離れようとしなかった。

見ればサヴァンは、なにくわぬ顔でレイのそばで給仕をしている。レイも自然にお茶を受け取っていて、ちくりと胸が痛んだ。

王宮に帰り着いたら、レイはサヴァンを抱くのだ。

(……でも、全然知らない人よりは……サヴァン様のほうが、よかったよね)

無意識にエリアナのためにペーストを取ってやりながら、よかった、と思おうとした。

(神子殿のことも手伝ってもらえるし、ちゃんと話せば、レイ様もサヴァン様のことが気に入るもの。サヴァン様でよかった)

「セレン様。よろしければ、わたくしがやります」

乳母が気遣うように声をかけてくる。まばたきして見ると、彼女は微笑んだ。

「長旅ですから、セレン様もお疲れでしょう。エリアナ様のお世話はおまかせくださいまし」

そっと手からパンや匙を取り上げられて、パンにペーストを塗るはずが、空の器をすくっていたことに気がついた。びっくりして、それから情けなくなる。

「すみません……ぼうっとしてしまって」

「いいんですよ。さ、セレン様も召し上がってください」

綺麗にペーストを載せたパンの皿をセレンの前に置いた乳母は、お茶や煮込み料理も用意してくれた。背後ではいつもの侍従が大きな葉を使ってあおいでくれ、セレンは身を縮めるようにしてお茶を口に運んだ。

なにひとつちゃんとできていないのに、こんなに世話を焼いてもらうのが心苦しい。これ以上は迷惑をかけないようにしなきゃ、と自分を諌めて、セレンは再び娘に目を向けた。

せめて親としてはつとめを果たしたい、と思ったときだった。

慌ただしく、使用人が駆け寄ってきた。彼はレイの近くで跪き、セレンのほうに気まずげな一瞥をよこした。

「陛下。……神殿からいらした神子様のおひとりが、発情されたそうです」

ぐらりと視界が揺れた。一瞬真っ暗になって慌てて目を閉じてひらくと、レイが怒ったような顔をしているのが見えた。そこにサヴァンがかがみこんで聞く。

「どうなさいますか？」

「——俺からは離しておけ。幸い、アルファは俺だけだし、神子もまだつがったことがなければ、祈りや水で鎮められるだろう」

レイはそっけなく言ってサヴァンから顔を背ける。しかし、伝えにきた使用人が、おそるおそる声をあげた。

「それが……陛下をお待ちすると言って、天幕を張るよう神子様ご自身に頼まれまして。一応、今ご用意をしているのですが」

嫌悪するような表情がレイの顔に浮かぶのを見て、セレンは咄嗟に彼を呼んだ。

「レイ様。どうかそばについていてあげてください。神殿を離れて王宮に向かうのは、ただでさえ緊張することなのに、発情してしまえばつらいはずです。王族がレイ様だけなら、レイ様しか、ついていてあげられる方もいません」

全員の視線が、自分に集中するのがわかった。はらはらしているヨシュアやナイードの視線。観察するようなサヴァンの視線、どうなるかと不安げな乳母や使用人の視線、ダニエルの心配してくれる視線。

レイの目は、いやだ、と訴えるようだった。ほかの神子を選ぶと決心したはずなのに抱きたくないのだ、と思うとどうしようもなく嬉しくて、セレンはそれを打ち消すように、お願いします、と言った。

「僕と、約束してくださいましたよね」

「——では、お妃様にはしばらく、離れていていただきましょう」

レイのかわりに発言したのはサヴァンだった。陛下は天幕へどうぞ、と彼に促され、レイは無言でお茶を飲み干した。立ち上がって使用人に「案内しろ」と告げる仕草が、いつになく荒っぽい。使用人が首をすくめつつ先導していくのから目を逸らし、セレンはエリアナの頭を撫でた。

「しばらくここでお休みするから、食べたら猫さんと遊べるね」

「……ねこしゃんと……？」

「うん。僕も一緒に遊ばせてね」

レイが行ってしまったからか、エリアナは泣き出しそうな顔をしていた。すぐに甘えに行かなかったのに、いなければ寂しいのだろう。まるで自分みたいだ、と思いながら、セレンはダニエルを振り返った。

「すみません。大砂漠猫と遊ばせてもらってもいいですか？」

「……もちろんです」

ダニエルはもの言いたげだったが、口に出すことはなかった。ヨシュアがぽつんと呟く。

「なんかやだなあ。レイ様、セレンだけを大事にするんじゃなかったの？　僕に誓ってくださったのにさ」

拗ねたように言いながら、ヨシュアは悲しそうにセレンを見つめてくる。セレンは微笑んだ。

「あのあと、別の約束をしたんだ。レイ様は王だもの。仕方ないよ」

「それはわかってるけど、セレンは寂しいでしょう。……発情期のこと気にしてたのは、そのせい？」

「違うよ。僕はかえって安心してるから、平気」

にこ、と笑ってみせて、セレンはお茶を飲んだ。今度は失敗しないよう注意してペーストを塗り、パンを食べ、煮込み料理も口に運んだ。微笑んで、落ち込んだり動揺したりする様子を見せないよう気を配る。

(辛気くさいと嫌われるって、サヴァン様が教えてくれたんだもの。レイ様が王としてつとめを果たすあいだは、僕だってちゃんとするんだ)

なにごともなかったように食事を終えるまで、セレンはずっと微笑を浮かべていた。

首輪と引き綱をつけた大砂漠猫の子猫は、すっかり元気になったようだった。エリアナのことはちゃんと覚えていて、近づくとみゅうみゅう鳴きながら身体をすり寄せてきた。

エリアナはしゃがんで子猫を抱き寄せた。ごろごろと喉を鳴らした子猫は、セレンを見上げると、セレンの脚にもまとわりついてくる。ふわふわの毛が気持ちよかった。

散歩をかねて、セレンたちは昼食を取った場所から離れ、大きな岩が東西に連なる中に足を踏み入れていた。両脇に岩がそそり立ち、ちょっとした谷間のような眺めだった。岩の下のどこかに水があるのか、低い木とわずかな草が生え、日陰も多くて心地よい。半刻近く歩いてきたため、張られた天幕も、そこを守る護衛たちも見えないのがありがたかった。

娘を連れたセレンと一緒に来てくれたのは、ダニエル、ヨシュアとナイードと、使用人のふりをしたサヴァンだ。

「大砂漠猫は賢いって、レイ様が言っていたとおりですね」

セレンは娘に目を細め、傍らのダニエルを見上げた。

「なにか特別なしつけとか、したんですか？」

「――いいえ、なにも。子猫はただ、エリアナ様が好きなのだと思います」

ダニエルがなぜか視線を外して答えた。苦しげな横顔に見えて不思議に思ったが、エリアナが声をあげて手をのばしてきて、すぐに意識が逸れた。

「もちゅっ」

「持つって、引き綱？　エリアナは持てないよ。……僕が持ってみてもいいですか？」

ダニエルに持っていてもらわなくても、これだけ慣れていれば大丈夫そうだ。ダニエルはちらりとセレンの顔を見て、逡巡《しゅんじゅん》したあとに頷いた。

「わかりました。少しのあいだだけですよ。そのあいだに、ちょっと先を見てきますから」

ダニエルは綱を預けると、先に立って進んでいく。受け取った引き綱をかるく動かしてみたが、子猫はまったく気にしていないようだった。楽しそうにぴょこぴょこしたかと思うと、後ろ足で立ち上がって、エリアナの顔を舐めはじめる。くすぐったそうにしてエリアナはぺたんと座り込み、また子猫を抱きしめた。

ヨシュアがそっと近づいてきて、セレンの袖を引いた。

「もしよかったら、エリアナはナイードにまかせて、少し休まない？」

「どうして？　今、こうして休憩してるじゃない」

おずおずと遠慮がちなヨシュアに、セレンは怪訝に思って首をかしげた。彼のほうが、疲れたような悲しいような顔をしている。

「僕は大丈夫だから、ヨシュアは飲み物をもらう？　ここの岩場は座りやすそうだし」

「そうじゃなくて……」

ヨシュアは口ごもってしまう。ちょうど敷物を広げはじめたサヴァンが、ちらりと視線を向けてきた。

「心配されて当然でしょ。その顔、怖いってば」

頭巾と口元の覆いはそのままだったが、声をごまかそうとするのはやめたらしく、ヨシュアの目が丸くなった。

「えっ？　サヴァン？」

「しーっ！　大きい声出さないで。ダニエルに聞こえたら面倒だから」

迷惑そうに返しつつ、サヴァンはじっとセレンを見つめてくる。顔の半分が隠れていても、なにか言いたげなのがわかった。

「サヴァン様、どうかしましたか？」

「どうかしちゃったのは僕じゃなくてセレンだろ。そんな、お面でも張りついたみたいな笑い方してさ。そんなだから、過保護な獣係とヨシュアが、心配してそわそわしてるんだよ」

「え？」

「いやなら、レイ様にそう言えばよかったのに。ものわかりがいいふりして、自分からけしかけたりするから、ほっぺたの筋肉もまともに動かなくなるんだよ」

サヴァンは両手でセレンの頰をつまんだ。容赦のない力に、つい声が出る。

「いっ……いた、……っ痛いです」

「痛いでしょ。しかめっ面しときなよ。僕が嘘ついたときだって、怒ればよかったんだ」

「嘘？」

「レイ様が僕を抱いてくれるって話。真に受けて動揺したただろ。なのに平気なふりしようとしたり、無理に笑ったりされると、見てるほうがいやになるんだよ」

最後にぱちんと頰を叩かれ、セレンはそこを押さえた。たしかに、笑っていたとは思う。でもそれは、笑顔のほうがいいと思ったからだ。

「——サヴァン様が、言ったんじゃないですか。辛気くさい顔だと嫌われるって」

理不尽だ、と思ったときにはもう呟いてしまっていた。醜くぐちゃぐちゃした感情が渦巻いて、頭が熱い。

「好きで笑ってるわけじゃありません。そうしろって言われたからしてるんです。レイ様にほかの神子とつがってくださいってお願いしたのだって、王宮の人たちがそう望んでいるからです。神子をまとめる立場になったのも、王妃の役目だと言われたからで、僕が選んだわけじゃない。自分が相応しくないことくらいわかっています。でも、頑張るしかないじゃないですか。レイ様のためだもの。好きな人のためになることをしようって思うのは、そんなにいけないことですか？」

「――セレン」

サヴァンは気まずそうだった。自分が怒っているのに気がついたが、とめられなかった。

腹立たしくて、悔しくて。

どうにもできない自分が、もどかしい。

「努力してもいたらないから、責められるのは仕方ないと思っています。でも、これ以上どうしたらいいかわかりません。レイ様に怒って謝らせてしまったのに、今さら寂しいなんて言えないって我慢するのも間違っているって言われたって、困ります」

いつになく尖った口調になってしまい、セレンは顔を背けた。

飽きずに、けれどはしゃぐこともなく大砂漠猫を撫で続けていたエリアナごし、子猫を覗き込む。不思議そうに見返してくる青い目はぱっちりして愛らしかったが、心は沈むだけだった。可愛いねと優しくかけるはずだった声が喉に張りついて、セレンは黙って子猫と見つめあった。

――どうして、こんなに寂しいんだろう。

レイが王都に戻ればほかの神子を抱くのはわかっていて、それが少し早まっただけなのに、泣きたいくらいいやで、今にも駆け戻りたいくらいだなんて。

（……僕、どんどん悪い人間になっていくみたい）

これでは、神託が嘘でレイが努力してくれても、台無しにしてしまう。

「セレン……元気出して」

ヨシュアが泣きそうな声を出して、セレンの背中をさすった。

「僕からレイ様に言おうか？　寂しいって思うのは仕方ないよ。セレンはずっとレイ様のことが好きだったんだもの」

「――平気。大丈夫だから」

ヨシュアに対しても、普段どおりに話せない。ヨシュアがセレンに手を添えたまま、さらになにか言おうと口をひらいた。

ふっと大砂漠猫が顔の向きを変えた。西の方角に鼻を向けたかと思うと、突然立ち上がる。すぐに走り出そうとするのを、セレンは咄嗟に引き綱でとめた。力はそこまで強くない。だが、行けないとわかると今度は身体を反転させ、首輪から頭を抜こうと踏ん張る。

慌てて引き寄せようと力を入れたのが、逆によくなかった。柔軟な子猫の身体がぎゅっと丸まった途端、首輪がすっぽりと抜けた。

たっ、と駆け出していく大砂漠猫に、エリアナがつられるように走り出した。

「ねこしゃんっ」

たった数秒の出来事に呆然としていたセレンは、慌てて娘を追いかけた。

「待って！　大砂漠猫ならダニエルに――」

ひゅん、と鋭い音が耳を掠めた。危ない、とダニエルの声が響くのがほぼ同時で、一瞬、なにが起きたのかわからなかった。

「矢だ！　岩に背をつけて、隠れてください！」

駆け戻ってきたダニエルが抱き抱えるようにしてセレンを岩のほうに押しやった。そのすぐ後ろに矢が突き刺さる。目を見ひらくあいだにも、二本、三本と降ってきて、見上げると一瞬、黒い衣が翻るのだけが見えた。セレンは咄嗟に、ダニエルを押しのけた。

「エリアナ！」

ほとんど悲鳴のような声が漏れる。ナイードが駆け寄るところだったが、その肩にずんと矢が突き立った。

「ナイード！」

悲鳴をあげ、ヨシュアが走っていく。待って、とサヴァンが叫んだ。

「そっちに誰かいるかも――ッ」

沈むようにサヴァンの身体が揺れ、倒れ込む。矢が、ふくらはぎを貫いていた。セレンのすぐ近くの岩にも矢が当たって跳ね返り、肩を押さえたナイードが叫んだ。

「皆さん、こっちに！　洞窟があるはずだから、隠れられます」

ざっと音をたてて、セレンの顔の前が暗くなった。ダニエルが腕を上げたのだ、とわかったときにはもう矢が刺さっていて、セレンは息を呑んだ。

「ダニエル、……っ」

「行きましょう、ここも危ない」

わずかに顔を歪めながらも、ダニエルがセレンの肩を抱いた。自分の身体でかばうようにして、ナイードたちが身を寄せた岩場へと走る。サヴァンは足を引きずりながらもたどり着いて、人ひとりが通れるほどの隙間から奥へとすべり込んだ。

続いてセレンも入ると、中は思ったよりも広そうだった。ナイードはエリアナを抱きしめたまま座り込んでいて、ヨシュアがすがりついていた。

「ナイード……、ナイード、大丈夫？」

「大丈夫だよ。小さい矢だったから、腕も動く。痛むけどね」

脂汗《あぶらあせ》を浮かべながらも、ナイードが微笑んでみせる。セレンはふらふらと近づいてエリアナに手を伸ばした。

「エリアナ、どこにも怪我してない？　痛いところは？」

「たくない」

エリアナはきゅっとしがみついてくる。

「あのね。ねこしゃん。ねこしゃん、えんえんなの」

「猫さん？　大砂漠猫もここにいるの？」

みゅう、と返事をするように鳴いて、白い姿が奥から現れた。身体をくっつけてくる仕草は心細そうだ。

「もしかしたら、襲われるのがわかってたから逃げたのかな」

ナイードにぴったりと寄り添ったヨシュアが、ぽつんと呟く。

「賊なのかな……まだイリュシアからそんなに離れていないのに、弓で襲ってくるなんて」

「幸い、中までは追ってこないみたいだね。もしかしたら、隊にいる護衛の人たちが攻撃に気づいて、やっつけてくれたのかも」

ナイードはヨシュアを、怪我をしていない腕で抱き寄せる。

「しばらくここで待っていれば、誰かが見つけにきてくれるよ」

大丈夫、とナイードはもう一度言ったが、セレンはかえって不安になった。彼の言うとおり、セレンたちはそれほど隊列から離れたわけではない。半刻近く歩いてきてしまったから、声は聞こえないだろうが、襲った人間たちは岩場の上にいたのだから、隊に掲げられた旗を見ていたはずだ。神の夜の直後に、誰もが知るレイの個人旗を見れば、王がイリュシアから王都へ、神子を連れて戻るのだとわかる。神事の途中の王族は、普通は賊も襲わないものだ。万が一にも神子や王族を傷つければ、徹底的に追われるからだ。

にもかかわらず襲われた。賊がセレンを王の一行と無関係だと考えたとは思えないから、わかっていて敢えて襲ってきたことになる。

そこに、ダニエルの声が響いた。

「なぜおまえがここにいる。まさかおまえが手引きしたのか？」

振り返れば、ダニエルは負傷した腕を押さえることもなく、座り込んだサヴァンを見下ろしていた。

「馬鹿言わないで。僕が仕組んだことなら、なんで僕まで怪我してるわけ？　レイ様に頼まれたから仕方なくついてきてやったのに、襲われるとか聞いてないんですけど」

強気な態度でサヴァンが言い返したが、声は痛みのせいか震えている。ダニエルはサヴァンの襟元を掴もうとした。

「待って！　サヴァン様も怪我をしてるんです。彼に来てほしいって、頼んだのはレイ様です」

「――レイ様が？」

ダニエルが眉をひそめた。セレンと見比べられたサヴァンは、ふいと顔を背けた。

「だからそう言ってるだろ。あんたこそ、護衛でついてるくせに不甲斐ないと思わないの？　八つ当たりしないでよね」

ぐっと言葉につまって、ダニエルはサヴァンから一歩離れた。ため息をついて、セレンに向かって膝をつく。

「申し訳ありません。陛下のいる場所から少し離れたほうがいいかと思っていたのですが……」

「ダニエルが謝ることはないです。上から弓矢で襲われるなんて、誰も想像できないことだもの。なのに、ちゃんと気を配って、様子も見にいってくれましたよね」

険しい表情をしていたし、なんだか危険を察知していたみたいだった、と思ったとき、どぉん、という爆音とともに周囲が揺れた。

よろめいて倒れ込んだセレンの耳に、岩が崩れる音が重なって聞こえてくる。狭い入り口の向こうに、激しい音と土煙をたてながら、あっというまに大きな石が積み上がっていくのが見えた。

地震だ、と気づいて、遅れて皮膚がちりちりと痛んだ。このあいだのものよりも、ずっと強く大きい。

岩の崩れる音はゆっくりと静かになったが、誰も動けなかった。暗すぎてなにも見えないのだ。洞窟の入り口は完全に塞がれてしまっていた。燃え殻のようなにおいは、土埃《つちぼこり》が舞っているせいだろうか。

ひんやりした空気が押し迫ってくるようで、セレンはごくりと喉を鳴らした。

（どうして……神託は嘘だったはずなのに）

ぱらぱらと、上からも砂礫《されき》が落ちてくる。暗闇に、呆然としたヨシュアの声が響いた。

「もしかして僕たち、ここに閉じ込められたの？」

セレンの脳裏には、神託をレイに伝えた神官の声が蘇ってくる。

――大地が怒りに震え、悪しきものを罰するだけでなく、尊きものも奪うだろう。

目の前で起きたことは、まさにあの神託そのものだ。

（あれはやっぱり、神のお告げだったんだ）

ずきずきと心臓が脈打つ。闇の中にいてもなお、いっそう暗い底へと沈んでいく気がした。

油断してはいけなかった。怒ったり勝手なことを考えたり、欲深いことを願ったり、たくさん悪いことをしたから、天罰が下ったのだ。

こうなると予測していたから、ヘレオはあんなにも強気だったのだろう。

氷のような冷たさが手足を這い上る。セレンはなにも見えない上を見た。

――このまま、ここで死ぬのだろうか。エリアナだけでなくみんなを巻き添えにして、レイに会えずに。

◆　◆　◆

こちらです、と案内された天幕に入る前から、レイは顔をしかめていた。

たしかに神子は発情しているようで、特有の甘いにおいが外まで漏れてきている。もともと、レイはこのにおいが好きになれなかった。

オメガの発情香は、アルファにとって暴力に等しい。意思に関係なく身体が昂り、無理に鎮めようとすると感情までが荒ぶってしまう。身を委ねて抱けば苦痛を感じずにすむが、神子とはつがわないと決めていたレイは、発情した神子に近づかれるだけでも気分が悪くなったものだ。

唯一の例外がセレンだった。セレンのにおいは、発情しているときでもしていないときでも、レイを惹きつける。ずっと嗅いでいたいと思うし、欲望だけでなく幸福感が湧くのだ。

それにしても――。

(こんなにおいだったか？　前よりひどいにおいに感じるな)

甘いのだが、いい香りとはとても言えない。においのまじった空気は濁って重く感じられ、吸い込むとうっすら吐き気がした。

天幕の中はもっとにおいが充満しているだろう。頭が痛くなりそうだ、と思いながら、レイは意を決して踏み込んだ。苦痛でも気が進まなくても、これはセレンのためなのだ。

急ごしらえの天幕の中は、敷物と寝台しかなかった。香が焚《た》かれてぼんやりとかすんだ空気の奥、寝台の上にすでに横たわっていた神子が身体を起こした。

「お待ちしておりました、レイ様」

白い神子服姿の彼は、寝台から下りずにお辞儀だけをしてよこす。

「神殿を出て早々で申し訳ありません。どうぞ、よろしくお願いいたします」

レイが相手をする、と信じて疑っていない様子だった。微笑む顔を見て、レイは名前を思い出した。

「たしか、ファシーだったか」

神の夜の宴で、一番最初に挨拶をした神子だ。セレンに敵意のある視線を向けただけでなく、去り際には悪態をつくのも聞こえたから、覚えていた。

(よりによってこの神子か。発情がなければ絶対に選ばない相手だったのに)

苦々しいレイの表情に気づいているだろうに、ファシーは嬉しげに頷いた。

「覚えていてくださったんですね。香油も用意していただいたので、すぐに……」

「いつもの発情はどうしている」

寝台に近づいてきてほしそうに身体をずらすファシーから、レイは顔を背けた。本当に気分が悪い。嫌悪感でちりちりと肌が痺れ、セレンとの約束がなければ、すぐにでも天幕を出ていきたいほどだった。

一歩入ったきり動こうとしないレイの突き放すような問いに、ファシーは数秒黙り込んだ。

それから、しぶしぶ答える。

「普段は……お祈りをして過ぎるのを待っておりますが、こうしてアルファの方にお迎えいただいたんですから、抱いていただくのが神子のつとめです」

「そういう義務感は不要だと、神殿にも伝えたはずだが」

「――僕は、つとめを果たしたいです」

ファシーが焦れったそうに寝台を下りた。近づいてこられて後退りかけ、レイはどうにか踏みとどまった。それでも、顔から血の気が引いていくのがわかる。まるで毒でも嗅がされているようだった。

こんな相手を抱くことを、皆が望んでいるというのか。セレンのことは、抱きしめただけでも眉をひそめられるというのに。

ファシーの手が、するりとレイの胸に添えられた。

「神子はもう王宮に来なくてもいいと言われて、すごく寂しかったです。どうしたらいいかわからなくて……でもやっぱり、王族の方々のお役に立つ以外に、神子に生まれた意味はないと思ったから、王宮に迎えられる日を楽しみにしていました。発情してしまったのも、きっと、お会いできて嬉しかったからです」

「――っ」

「どうか、抱いてくださいませ」

細い身体が押しつけられた途端、かっと全身が熱くなった。性的な興奮の熱ではなく、怒りのそれに似た感覚で、同時に頭の芯が鋭く痛む。

間違っている、としか思えなかった。苦痛を押し殺してまで愛せない神子を抱くのが、なぜ正しいことなのだろう。これほどの嫌悪感を持って抱かれる神子だって哀れだ。

（駄目だ。セレンが——セレンしか、触れたくない）

ファシーを突き放しそうになり、レイはかろうじて、丁寧な手つきで彼を押しのけた。

「悪いが、相手はできない。今日は体調が悪いんだ」

「そういえば、顔色が優れませんね。耐えていらっしゃるのですか？」

ファシーは心配げに手を伸ばしてくる。頰に触れられ、今度こそ我慢できずに振り払う。ファシーの顔に、さっと怒りの表情が浮かんだ。

「まさか、セレン様のせいですか？　僕だって発情しているのに、セレン様のせいで——」

「違う。セレンのせいじゃない」

呻《うめ》くように返す自分の声が幾重にも聞こえて、レイはふらつきながら天幕を出た。熱い。視界は暗くて、息が苦しい。

レイ様、という声があちこちから聞こえた。使用人や護衛が駆け寄ってきて、レイはひどく痛む額と目を手で覆った。

「誰か、セレンを——」

連れてきてくれ、と命じる声は、遠くから聞こえた爆音で途切れた。

すっと悪酔いしたような気分の悪さが霧散した。音がしたのは西の方角だった。たしか向こうのほうは、岩場が二列に並んで隆起していたはずだ。その一角から、うすく黒煙がたなびいている。

「爆発でしょうか。こんな場所で、わざわざ鉱物を狙う者がいるとは……」

護衛が不安そうに呟く。そうだな、と応じて、レイは彼を振り返った。

「セレンは？」

「エリアナ様と一緒に、岩のあいだのほうへ行かれました。ヨシュア様とナイード、使用人ひとりとダニエルが一緒です。……たぶん、西に向かわれたはずです」

答えながら、護衛が徐々に青ざめた。危機感があまりないのは責められなかった。通常、イリュシアの行き帰りの護衛は、王の権威を示すのが一番の目的であって、せいぜい野生動物を警戒する程度しかやることがないものなのだ。

「迎えにいく」

まさか、とは思うが、いやな予感がした。普通なら、王と神子の隊列を襲う馬鹿はいない。だがもし、ヘレオの雇った賊でもいれば別だ。

「俺が戻るまでヘレオをよく見張っておけ」

そう言って剣を受け取ったところで、誰かが叫んだ。

「大砂漠猫だ！」

はっとして、彼が指差した遠くの岩場の上に目をこらす。まだらの毛並みを持つ大砂漠猫が、険しい斜面を駆け上がったところだった。すべるようになめらかに、大砂漠猫は岩を蹴って見えなくなる。かわりに今度は、いくつもの叫び声が聞こえた。

悲鳴まじりの声に、周囲に緊張が走る。だが、喚くような声は聞き覚えのない男性のものだ。

「誰かが大砂漠猫に追われているようだ。助けたら念のため拘束しておけ。護衛のうち三人は俺とともに来い」

口早に命じてレイは走り出した。岩場が谷をつくるように断続的に連なったあいだは、ごく低い木と草が生えた道のようになっている。そこを、西から男たちが向かってきていた。その後ろには大砂漠猫が迫っている。男たちはレイを見ると叫んだ。

「助けてくれ！　もう何人も襲われた！」

彼らは手に弓を持っているが、立ち止まって振り返り、射かけるだけの度胸はないようだった。すばやく縦横無尽に動く大砂漠猫は、慣れなければ弓で狙うのは難しい。まして、追ってくる大砂漠猫は、ひどく興奮していた。背中の毛は逆立ち、尾は膨れ上がっている。ぐん、と速度を上げたかと思うと一番後ろの男に飛びつき、大きな口で食らいついた。

悲鳴をあげる前に絶命した男の身体が、放り出されて鞠《まり》のようにはずむ。レイは剣を抜いて身がまえた。

できるなら、大砂漠猫は殺したくない。だが、レイの背後には大勢の人間がいるのだ。

（それに、セレンがどこにいるか……ダニエルがついているなら、無事なはずだが）

気になるのは爆発音だ。逃げてきた男たちが無関係とは思えない。

そう考えながら待ち受けるレイに向かって、大砂漠猫が跳んだ。鋭く伸びてくる右の爪を剣で受け流し、噛みついてこようとする牙は身体を返すようにして避ける。ガチッ、と牙が噛み合う音が耳のすぐそばでした。飛びすさるのと同時に、大砂漠猫も後ろ足をついて身を捻《ひね》る。

らんらんと光る目には激しい怒りが見てとれた。

大砂漠猫にとって、これは食べるための狩りではないのだ。

（爆発がこいつを怒らせたのか？　それにしては男たちを深追いしているようだが）

音は大きかったが、煙の位置を見ても少し距離がある。大砂漠猫がここまで怒るのはねぐらを荒らされたり、子供を襲われたときくらいだ。そういう場合、大砂漠猫も追い払うのが目的だから、遠くまで追いかけることはないはずなのだ。

（よほど頭に血がのぼっているのか……）

なんとか鎮めて追い返せればいいが、と剣を構え直したとき、上空で鋭い鳴き声がした。黒い影が一直線に降ってきて、大砂漠猫の顔に直撃する。吠え声をあげて振り回された大砂漠猫の手をよけて再び舞い上がる姿に、レイは目をみはった。

「アンゲロス……おまえ、やっぱりついてきていたのか」

ぴい、と小さく鷹が返事をした。どこか得意げに羽を広げ、再び大砂漠猫に攻撃をしかける。

だが、使っているのは嘴《くちばし》ではなく足だった。傷つけようとしているのではなく、注意を逸らして興奮を冷まそうとしているのだ。

数回頭を蹴られた大砂漠猫はうるさげに唸ったが、どうやらそれで気が逸れたようだった。逆立っていた毛が多少おさまり、大きな耳が忙しなく動く。

矢をつがえようとした護衛を、レイは手で制した。

「あいつ、なにか探しているみたいだ」

耳だけでなく、鼻も動いている。爆発音の聞こえた方角には、すでに煙も見えなくなっていたが、大砂漠猫はそちらを向くとぴっと尻尾を伸ばして走り出した。

レイも後を追いかける。上空ではアンゲロスが旋回しながらついてきていて、それを見ると少しほっとした。アンゲロスはセレンのこともダニエルのことも知っている。彼らが危険にさらされていれば知らせてくれるはずで、そうしない、ということは、少なくとも今のところは、無事なのだ。

だが、大声をあげて護衛がレイを呼びとめた。

「陛下！　大変です！　ご命令どおり逃げてきた男たちは捕らえてあるのですが、南から別の一団が迫って来ています。格好を見た限り、賊のようで」

「賊だと？」

「はい。身なりが……その、賊がよくしている格好で、馬に乗って武器も持っているので……」

護衛が言いづらそうにしているのは、レイがセレンのもとに駆けつけたいと思っているのが彼にもわかっているからだ。こんなときに、とレイは歯噛みしたが、どうしようもなかった。

「おまえたちはセレンを迎えにいってくれ。おそらく、どこかに隠れているはずだ」

すぐに走り出す護衛たちを見送って、レイは踵を返した。神子のいる天幕に戻る気はなかった。騒動のせいで、抱かなくても誰にもとやかく言われないのは幸いにすら感じる。

だが、あの神子のおかげで、はっきりわかったことがあった。

(俺は、セレン以外は愛せない)

以前は気持ちなどなくても女性を抱くことができたが、今はもう無理なのだ。特別で、心から満たされる、愛おしい存在を手に入れてしまったから。

セレンの儚げな面差しと微笑みが頭に浮かんで、レイは一度だけ西を振り返った。

(待っていてくれ、セレン。すぐに会えるからな)

戻ってきたら、まっさきに抱きしめたい。

◆　◆　◆

しゅっ、と音がして、暗闇に火が灯った。ダニエルだった。腰に下げた道具袋から、折りたたみ式のランプを取り出して火を入れると、ガラスに反射して光が広がる。

「誰も、転んで新しい怪我をしたりしていませんか？」

落ち着いた声を聞くと、夢から起こされたような心地がした。セレンは急いで見回して、大砂漠猫とくっついて縮こまるエリアナを抱きしめた。

「僕は大丈夫です。エリアナも、無事です」

「こっちもなんとか」

「僕も平気。でも、地震なんてついてないな」

サヴァンは傷が痛むようで、顔をしかめたままだ。ダニエルは入り口だったほうへ灯りを動かした。

「地震ではなさそうだ。火薬のにおいがする」

「火薬、ですか？」

セレンはどきりとした。まだ漂っている燃え殻のようなにおいは、土埃のせいではないのだ。

「はい。誰かが爆薬を使って、岩を崩したのだと思います」

「爆薬？　どうして」

「矢を放った連中の仕業だろうな。たぶん、セレン様とエリアナ様を狙ったんだ」

「セレンを？」

意外そうに振り向いたサヴァンと目があって、セレンは視線を落とした。まさか、と思った心の声が聞こえたように、ダニエルが「ヘレオだろう」と言った。

「ほかに、我々だけのところを狙って襲う人間がいるとは思えない」

くっと喉がつまった。ヘレオの怒りに満ちた眼差しと声とが、反響するように思い出される。天罰だと思うと恐ろしく、絶望的な気分になるが、これが他人の悪意なのだと、思うと寒気がした。

そんなにも疎まれていたのか。偽の神託で脅すだけでは足りなくて、実際に矢で怪我をさせたり、岩山を崩して閉じ込めたりするほど、彼はセレンが憎いのだ。

ナイードが立ち上がって、塞がれた入り口に向かった。手で何度か押してみて、呻くように言う。

「ずいぶん大量に崩れたみたいですね。押してもびくともしない。小さい塊なら少しずつ手で取りのぞけるかもしれないけど、こちらに崩れてきたら危ないし——大きい岩はどけられそうにない」

「っ、じゃあ、僕たち出られないの？」

「外からなら、道具を使って岩や石をどけられると思う。ただ、時間はかかりそうだね」

ナイードが心配そうに、みんなを見回した。

「レイ様が気づいてくれたとしても、僕たちはここでしばらく耐えなければならないようだ」

「しばらくって、どれくらい？」

「――たぶん、数日かかると思う」

「そんな……」

ヨシュアが不安そうに身体を縮めた。最悪、とサヴァンが毒づき、エリアナは子猫と寄り添って、緊張しきったまま身じろぎもしない。申し訳ない気持ちで、セレンは彼らを見つめた。

こんな目にあわせてしまったのはセレンのせいだ。これでもまだましなほうだろう。ダニエルがいなければ灯りのひとつもなく、もっと恐ろしくて不安だったはずだから。

ヘレオは、セレンとエリアナに、そういう思いをさせてやろうと計画していたのだ。怯えさせて殺してやれと。

やるせなくなって、それから、ゆっくりと腹の底が熱くなった。

(なんでこんなこと、されなきゃいけないんだろう)

たしかに、セレンは不甲斐ないのだろう。厄介な罪の子だったのに、急に神子になって王妃にまで選ばれて、にもかかわらず頼りないのでは、腹も立つかもしれない。いろんなことがめちゃくちゃになった、とヘレオが怒る気持ちはわかる。

でもそれは、セレンの罪だろうか。セレンが悪いとして、幼い子供まで狙って怪我をさせたり、周囲の人まで危険にさらすことも許されるほど、ヘレオが正しいだろうか?

「陛下ならすぐに、助け出してくださいます」

ダニエルがセレンたちの前に膝をついた。

「セレン様もエリアナ様も、ヨシュア様たちも、少しの辛抱ですよ」

わずかな灯りでもわかるほど優しく微笑みかけられて、セレンはじっと見返した。

ダニエルはセレンを愛してくれる人だ。お父さん、と呼んだことはない。でもこの人が母を愛して、母もこの人を愛して、セレンは生まれてきたのだ。母は亡くなってしまったけれど、ダニエルは会えないあいだもひたすらに、セレンを思ってくれていた。今はセレンにも娘がいるからわかる。ダニエルがかけがえのない宝物のように、セレンを大切に思っていることが。

ダニエルだけじゃない。ヨシュアはずっと優しくしてくれたし、ジョウアは見守っていてくれた。レイはセレンを見つけてくれ、愛してくれて、諦めることなく常に大事にしてくれている。

たとえセレンが罪の子でも、出来損ないの神子でも、オメガでなくなっても――愛してくれる人がいる。

ヘレオにとっては無価値で殺してもいい相手でも、セレンを認めてくれる人だって、たしかに存在しているのだ。

「大丈夫です」

セレンはエリアナの頭を撫でて立ち上がった。ふつふつと込み上げてくるのは怒りではなく、不思議な活力だった。おなかの奥だけでなく、全身があたたかい。

「ダニエル、灯りを借りてもいいですか？　奥が深そうなので、少し調べてきます。もしかしたらどこか別な場所から出られるかもしれないし、空気が湿っているから、水もあるかもしれません。もし水があったら、傷口を洗いましょう。火があるうちに、燃やせるものもないか探したほうがいいですよね」

「へたに動かないほうがいいんじゃないの？　奥に動物でもいたらどうするの」

サヴァンはしかめっ面のままだ。それにも、セレンは「大丈夫です」と言った。

「もし危険な動物がいれば、大砂漠猫が毛を逆立てたり唸ったりするはずでしょう？　今のところ、心細そうなだけで怯えてはいないから、襲ってくるような動物はいないと思います」

「でもセレン、怖くないの？」

びっくりしたようにヨシュアが見上げてくる。うん、と頷くと、自然と笑みが浮かんだ。

「怖くはないよ。だって、僕はここでは絶対に死なないもの」

きっぱりと言い切ったセレンに、ダニエルまでが目を見ひらいた。セレンはひとりひとり顔を見つめる。

「ここにいるのは、レイ様にとっても親しくて大切な人ばかりです。もしいっぺんに死んでしまうようなことがあったら、レイ様が可哀想じゃないですか」

「…………可哀想って。それだけで死なないって言いきるわけ？」

「僕は絶対、レイ様を悲しませたくないので。少なくとも、こんな理不尽なことをされてレイ様をがっかりさせるなんていやです。さっさとここから出て、レイ様に会って——ヘレオ様には、言います。馬鹿なことをする前に、少しは考えたらどうですかって」

二度とあの人に申し訳ない気持ちになったりはしない、と心に決めて、セレンはダニエルの手からランプを取った。

「ほかに、火をつけられるものはありそうですか？」

「……はい。あちらの隅で、枯れた苔《こけ》を集めて燃やしておきましょう。長い時間はもちませんが、暖もとれます」

「なるべく早く戻ってきますね。苔は僕が集めるので、ダニエルは傷にさわらないように座っていてください。エリアナをお願いします」

てきぱき指示を出し、苔を集めはじめると、ヨシュアが立ち上がって手伝ってくれた。茶けた苔の塊を拾いながら、ヨシュアは横目で窺ってくる。

「ねえ、もしかしてセレン、怒ってる？」

「どうして？　怒ってないよ」

「それならいいんだけど……」

呟いたヨシュアは、思い直したように首を横に振った。

「ううん、よくないね。怒ったほうがいいと思う。だってヘレオ様のしたことは間違ってるもの。僕も、ここを出たらヘレオ様に言うよ。テアーズ様にも言う。セレンを傷つけようとするなんて、おかしいですって」

ぎゅっと拳を握る姿が嬉しくて、セレンはふわりと微笑んだ。

「ありがとう。ヨシュアはいつも励ましてくれるから、すごく心強いよ」

こんもり積み上げられるまで苔を集めて、火を移して燃やす。絶やさないように見張るのはまかせて、セレンは洞窟の奥へと向かった。

ランプを掲げても、ごく小さな光では先が見通せない。どこまで続いているかもわからないが、不思議と怖くはなかった。

つまずかないように注意しつつ進むと、すぐに幅が狭まってきた。それでも大人二人がぎりぎり横に並べるくらいの広さはある。上は相変わらず高く、奥に行くにつれて少しずつ下り坂になっていた。

五分も進むと足先に冷たいものが触れ、水が溜まっているところに出た。澄んでいて、耳をすませばかすかな音がする。水面も、よく見ればさざなみが立っていた。

「こんな場所に湧き水があるなんて、聞いたことなかったな」

砂漠を旅する者の多くが休憩したり泊まったりする場所なのに、誰も泉には気がつかなかったのは、この洞窟が街道から離れているからだろうか。

なんにせよ、幸運だった。急ぎ足で戻って水があったことを伝え、全員で移動する。ダニエルは泉を見ると感嘆したようにため息をついた。

「私も何度かこの洞窟に入ったことがありますが、この泉は知りませんでした。昔はなかったように思うのですが……」

「僕も初めて知りました。もっとも僕は、入り口のあたりで休むくらいにしか使ったことはないんですけど」

ナイードもかがんで水をすくう。口をつけて、おいしい、と笑う顔は安心した様子だった。

「これだけ入り口に近い場所に水があるなら、誰かが知っていてもよさそうですけどねえ。でも、助かりましたね」

「ええ、よかったです」

これで数日閉じ込められたとしてもなんとかなる。全員で喉を潤し、セレンはもう少し奥まで行ってみることにした。

泉は洞窟の幅の大半を塞いでいて、わずかに残った部分は傾斜がついていて歩きづらい。けれどじっとしていると、顔に微風を感じるのだ。通れるほどではなくても、どこかに外に通じる割れ目があるはずだった。

水のある場所を過ぎると、洞窟の幅はいっそう狭くなる。ぐっと天井も低くなったが、はっきりと風が感じられ、セレンは壁に手をついて進んだ。ほどなく、右手がくぼみを捉えた。期待して覗き込めば、思ったとおり、わずかだけれど奥に光が見える。たぶん、外からはひび割れにしか見えないだろう割れ目だ。大声で叫んだら聞こえるかな、と考えてから、セレンは思いついて服の裾を破いた。

泉まで戻って破いた布を水で湿らせ、それに火を移す。布から白い煙が立ちのぼるのを待って、割れ目の奥へと突っ込んだ。

近くに人がいなくても、煙なら遠くからでも見える。必ず誰かが気づくはずだ、と思った直後、セレン、と呼ばれたような気がした。

「セレン！　そこにいるか？」

「――！　レイ様！」

錯覚ではない。セレンは急いで突っ込んだ布を抜き、狭い割れ目の奥を見上げた。

「レイ様、ここです！」

わずかな光が遮られる。暗くなる刹那、金色の髪が見えたように思えたのは願望だったかもしれないが、そこには間違いなく、レイがいた。

レイ様だ、と思うと、暗い洞窟の中もほんのりと明るくなったように思えた。不思議と、彼の存在を近くに感じる。まるで長いこと会わずにいて、やっと再会できたような安堵感だった。

(ああ……やっぱり僕、レイ様が好き)

声の届く距離にいると実感するだけで、こんなに嬉しいのだ。

レイ様、ともう一度呼べば、彼は微笑んだようだった。

「安心しろ、すぐに迎えにいく。みんな一緒か？」

「はい。ダニエルとナイードとサヴァンは怪我をしていますが、大丈夫です。……でも、逃げ

込んだ入り口が塞がってしまっていて」

「ああ、わかっている。すぐに通れるようにするから、万が一崩れても危険のない場所で待っていてくれ」

レイの声は力強く、迷いがなかった。くぐもって響くその声だけでも顔が思い浮かんで、セレンは「はい」と返した。

「待ってます、レイ様」

ダニエルもナイードも、救出されるには時間がかかると言ったけれど、レイがすぐだというなら信じられる。

そっと離れようとすると、レイが呼んだ。

「――セレン」

呼んだかと思うと彼はしばし黙り込み、それから、もう一度セレンの名前を口にした。

「セレン。愛している」

「……レイ、様」

きゅうっと胸がよじれた。ごく短い言葉には深い想いが込められている。身体ではなく心にぴったりと寄り添ってもらったようだった。

息ができなくなったセレンを包み込むように、レイは甘く囁いた。

「今日でよくわかった。愛しているのは、おまえだけだ」

「――っ」

「早くおまえを抱きしめたい。エリアナも一緒に抱きあって、顔を見て愛していると伝えたい。好きで、愛しくて、大切でたまらないんだ」

身体のあちこちで、熱いものが跳ね散る。喉が震え、涙が目縁《まぶち》にたまって、セレンは隙間へと手を伸ばした。

（レイ様。レイ様、好きです。僕もあなたが、誰よりも好き）

狭すぎて肘までも入らないから、指先は到底、レイまでは届かない。それでも手を伸ばさずにはいられなくて、僕も、と声を張りあげた。

「僕もレイ様を愛しています。外に出たら、たくさん、」

なぜ耐えられると思ったのだろう。こんなにも触れたい。離れたくなくて、岩さえ燃えてしまいそうなほど愛しい。好きで、好きで――苦しいくらい、求めてしまう。

「――たくさん、抱きしめてください」

岩に隔てられた向こうで、レイの身体の中にも熱が散るのがわかる。見えないはずの微笑みが見えて、強く指を絡められた気がした。

「ああ、約束だ」

日がまだ高いうちに入り口は通れるようになり、セレンはエリアナを抱き上げて外へと出た。足元には大砂漠猫が寄り添っている。

「セレン！　エリアナ！」

駆け寄ってきたレイが強く抱きしめてくれる。腕がしっかりと身体を包み込むのを感じて、ほっとして力が抜けた。冷静だ、と思っていたけれど、自覚しているよりも緊張していたようだ。身体のあちこちが痺れたようで、目を閉じてレイの肩に額を預け、深く息をつく。

「本当にあっというまでしたね。僕、今夜は中で過ごすことになると思ってました」

「助っ人が優秀だったんだ」

レイが笑って振り返る。つられて目をやると、そこではダニエルが数人の男性に囲まれていた。お頭、と口々に呼ぶ彼らの中にはジョウアもいて、セレンはびっくりした。

「ジョウア？　どうして？」

「ヘレオのことが心配だと、俺が出発前からダニエルに相談していてな。それをダニエルから聞いたジョウアが、せめて帰りの道中は助けになりたいと、仲間を集めて離れてついてきてくれていたんだ。あそこにいるのはみんな、かつての仲間だそうだ」

「そうなんですね……」

「三年ほど前に偶然ジョウアと再会したらしいんだ。今は神の庭の外の村に住んで、商いをし

ているものの、明るい表情だった。

「じゃあ、ジョウアが言っていた友達って、きっとあの人たちのことですね」

ジョウアは見たこともない顔で笑っていた。ダニエルも、怪我をした腕を押さえているものの、明るい表情だった。

誇らしげにも見える笑顔を見つめていると、レイが優しく頬を撫でてきた。

「セレンはどこも痛めていないか？　エリアナは無事みたいだが」

「はい、僕たちはなんともありません。僕のことはダニエルがかばってくれて、エリアナはナイードが先に洞窟の中に逃してくれましたから。……あの人たちは、やっぱり僕やエリアナを狙ったんですか？」

「ああ。ヘレオが雇った連中だった」

レイは表情を曇らせると、セレンの額に唇をつけた。

「襲われたときにすぐ助けてやれなくてすまなかった」

「――そういえば、神子様はいいんですか？」

洞窟の入り口にはダニエルの仲間以外にも、護衛や使用人が何人か来ていて、ヨシュアたちの手助けをしたりしている。だが、神子の姿はなかった。

「全員馬車で待機させているんだ。発情した神子も馬車に帰した。こっちもそれどころではなくなったからな。ヘレオには事情を聞いたが、その説明はあとにしよう」

レイはセレンの腕からエリアナを抱き取った。エリアナはみじろいで、下へと手を伸ばす。

「ねこしゃん」

にゃあん、と子猫が鳴いた。かと思うと、白い小さな生き物は走り出してしまう。また逃げるのか、と慌てて追いかけようとして、セレンはぐっとレイに引きとめられた。

「見ろ。たぶん親だ」

指さされた方向を見て、セレンは息を呑んだ。高い岩場の上には、いつのまにか大砂漠猫がいた。気づいた護衛たちにさっと緊張が走ったが、かろやかに降りてきた大砂漠猫のほうは、人間のことなど眼中にないようだった。

眼差しは、ただ小さな子猫に向けられている。

子猫は一心に走っていく。たどり着いて飛びつくようにしてじゃれる姿が、ひどく嬉しそうに見えた。

「よかった……母猫も、無事だったんですね」

「ヘレオが雇った連中が出くわして、退治しようと攻撃したらしい。それで親子がはぐれてしまって、大砂漠猫はやつらが自分の子供を連れ去ったと思ったんだろうな。こっちまで追いかけてきて、彼女のほうが先にセレンを襲った連中を見つけたんだ。母猫は子猫に執着するから」

母親の大砂漠猫は飛び跳ねる子猫を鼻先でつついて、ぺろりとひと舐めした。それからしっかりと首筋をくわえて、再び岩場を登っていく。一度も、人間のほうは見ることさえなかった。

「ねこしゃ、いっちゃった」

エリアナが寂しそうに呟くのを、レイがゆすってあやした。

「エリアナだってセレンと離れ離れになったら、帰りたいと思うだろう？　子猫も、まだ母親と一緒にいたいんだ」

「ねこしゃんの、かあさま？」

「ああ、そうだ。子猫が寂しいと可哀想だから、返してやろう」

「……わかった」

こくん、と頷くエリアナは今にも泣きそうだったけれど、わがままを言おうとはしなかった。大砂漠猫の見えなくなった岩場をじっと見つめ、それからレイの首筋に顔を埋める。

「だいしゅき」

「――父様もだよ」

ふっとレイの目がやわらいで、セレンは安堵の思いで見つめた。洞窟に閉じ込められたというのに、エリアナは神殿にいたときよりも元気があるようだ。

それに、レイの顔が、久しぶりに晴れやかだった。気になること、気にしなければいけないことはたくさんあるはずなのに、レイの顔を見ているとすべてかすんでいく。

（僕、やっぱりすごくレイ様が好きだ）

レイが幸せそうにしてくれると、セレンの心も澄んで明るくなる。あたたかく清らかで、静かで——愛する気持ちが、溢れてくる。

出会うはずもない人だったのに、出会って、一緒に生きる道を選んだ。セレンのすべてを、あっというまにすべて変えてしまった人。

この先の人生にたとえなにがあっても、セレンはこの人を愛するだろう。

ずっと愛していたい、と思うとつま先まで熱が巡って、セレンはぴったりとレイに寄り添った。

（……レイ様。僕、もう一度だけ……まだしていないことを、頑張ってみてもいいですか？）

もしかしたら、セレンができることの中で最も意味がないことかもしれないけれど——もう一度だけでも発情できないか、努力してみたい。

怪我人が三人も出たこともあり、一行はイリュシアへ戻ることになった。速度の出ないロバや荷車とは分かれ、馬と馬車だけを急がせて、門までたどり着いたときには夏の日も暮れていたが、町の中はランプで明るく照らされていた。

先に戻ったジョウアたちが知らせてくれたおかげだった。事情を聞いたテアーズは硬い表情で迎え入れると、すぐにダニエルたちの治療にあたってくれた。一方でレイは自らヘレオを尋問し、セレンがようやくレイの部屋へと呼ばれたのは、もう夜更けの時間だった。

レイは部屋の窓際に立っていて、セレンが歩み寄ると肩を抱き寄せた。セレンも、レイと同じように夜空を見上げる。神の夜を過ぎても、月はまだ眩しかった。

「さっき、テアーズが謝りにきたぞ。あのテアーズが、ヘレオのしたことを神官として詫びる、と」

「テアーズ様は、仕事には熱心な方ですから」

応えながら、セレンは緊張していた。助け出されるまでは不思議と昂っていたし、洞窟から出たときは喜びと幸福感でいっぱいだったけれど、半日経つと、どう伝えよう、という迷いのほうが大きくなってきた。

発情できるように頑張りたい、とセレンが言っても、レイは喜ばないかもしれない。晴れやかな顔をしていたのは無事にセレンたちを助け出せたからで、それ以上の意味はない、ということだってありうる。愛している、と言ってくれても、約束を破る人ではないから、ほかの神子を選ぶ決意はそのままかもしれない。

(――でも、僕の心は、もう決まってるんだ)

遠慮して縮こまりそうになる自分を叱咤《しった》して、なるべくさりげなく、レイに身体を寄り添わせる。緊張のせいか、胃のあたりが熱くて痺れるような錯覚があった。

今いち信用できないけれど、ほかにすぐ思いつく方法もなく、セレンはヨシュアの提案していたあの方法を、やってみるつもりだった。

(僕からいちゃいちゃして、甘い雰囲気に、するんだよね)

小刻みに震えそうな指でレイの服を握り、思いきってキスでもしようかと踵を上げかけたとき、レイがそっと肩を撫でてきた。

「なにから話そうか迷うが、ヘレオのことはセレンも知っていたほうがいいだろう。聞きたくないというならそれでもいいが、どうする?」

「い……いえ、聞かせてください」

そうだ、ちゃんと聞いておかなきゃ、と思って、セレンはひとり赤くなった。順序としてはそちらが先なのに、うっかり飛ばしてしまうところだった。ぱたぱたと自分の服をはたいて、ちょっとだけレイから離れる。

「僕たちを襲ったのは、ヘレオ様が雇った人たちだったんですよね?」

「ああ。ヘレオは長老に選ばれたくて、王宮でも長老たちに取り入ってみたり、なんとか俺に功績を認めさせたいと思っていたらしいが、セレンが王妃として、神子殿のことをいろいろやってくれただろう? そのことで、仕事を奪われた、自分が出世するのを邪魔されている、と恨んだようだな」

「そうだったんですか……」

ということは、ヘレオにも認められようとセレンが頑張ったのが、逆効果だったわけだ。

「テアーズやほかの神官の話では、ヘレオは昔から、自分の劣等感を他人のせいにするようなところがあったらしい。セレンにも勝手に恨みをつのらせて、どうにかして王妃の座から下ろして自分が手柄を立てたい、と考えたんだ。ヘレオ本人は、『正しいことをして陛下のお役に立ちたかっただけだ』と言い張っていたが」

信じられん、とレイはため息をつく。

「俺がセレンを愛しているのを知っていて、排斥すれば自分が手柄を立てられる、俺にも認めてもらえる、とどうして考えられるんだ？」

「きっと……レイ様の目を覚まさせよう、って思ったんじゃないでしょうか」

ヘレオの気持ちがわかるとは思わない。ただ、どうしてそう考えたか、はわかるような気もした。

「人の気持ちって、時間とともに変わるものでしょう？　昔はすごく尊敬されていたテアーズ様だって、人望をなくしてしまったりします」

「あれはあいつ自身のせいだろう」

「でも、自分のしたことで、周りや相手の心が変わることはあるっていうことですよね。――僕も、不安になったことがあります。気持ちが変わってしまわないか心配になるのは、それがよくあることだからだと思うんです」

「俺はセレンを愛さなくなることなんてない」

セレンを見下ろし、子供のような頑なさでレイが言い放つ。ふ、と小さく笑みが漏れて、セレンは頭をもたせかけた。

「ヘレオ様に、レイ様の心は見えませんから。自分が王の心も変わらせてやる、そんなの簡単だ、と思う人がいても、不思議じゃないと思います」

「侮られたみたいでいやだし、ヘレオのやったことは絶対に許されない」

レイは再び月へと目を向けた。

「あいつは偽の神託を伝えにきたときから、セレンとエリアナを砂漠に連れ出して、岩穴の中に閉じ込めて殺そうと計画していたんだ。もとは、俺が神の夜にあわせてでかけているあいだに、王が怪我をしたと嘘の知らせで王宮を出させるという計画だったらしいが」

「……そんな知らせを受けたら僕、きっと行ってしまったと思います」

想像したら心臓のあたりがひやりとした。もしレイの不在中に、ヘレオが「レイ様がお怪我をされたので、エリアナ様も一緒に、私とイリュシアにお向かいください」などと伝えてきたら、エクエスが反対したとしても、セレンは絶対に従っていただろう。

「じゃあ、レイ様がわがままを言って僕を同行させてくださったのは、かえってよかったんですね」

「ああ、わがままを言った甲斐があった」

冗談めかして笑って、それからレイはセレンの髪を梳いた。

「雇った傭兵《ようへい》くずれの男たちも、神の庭に行く王の一行を狙うのはわりにあわないと渋ったらしい。だがヘレオは嘘がばれて神殿で軟禁されて、自棄になったようだな。金は倍出すからすぐにやれと伝達をして、あそこで決行したみたいだ。――襲われて閉じ込められて、恐ろしかっただろう。本当にすまなかった」

「レイ様のせいじゃないです。矢が降ってきたときはすごく怖かったですけど――みんなが、助けてくれました。ナイードにはどんなにお礼を言っても足りませんね」

「そうだな。ヨシュアにも詫びないと。襲った連中もさすがに矢で殺すわけにはいかないと、威力の弱い弓を使っていて、エリアナは狙っていないと言い張ってはいるが」

「神託どおりにするなら、矢では殺せないですもんね」

だとしても、幼い子供に武器を向けるなんて、セレンにはとても信じられない。世の中には無力な存在を殺すことに、躊躇《ためら》いがない人間だっているのだろうけれど。

「でも、閉じ込められたのがあの洞窟でよかったです。ダニエルがいたから灯りもあったし、泉が湧いてましたし」

「ああ、幸運だった。ヘレオとしてはなるべく当初の予定どおりにしたかったみたいで、崩せる洞窟のある岩場で隊列を足止めするために、わざわざ神子を発情させたように見せかけることまでしたのに、無駄だったわけだ」

さらりと言われて、セレンは目を丸くしてレイを見上げた。

「……見せかけ？　発情がですか？」

「神子の発情のにおいに似せた香があって、それには催淫効果のある薬草もまぜてあるらしい。ヘレオが自分で言って、テアーズもあると認めたから、あるんだろう」

「僕、昨日ヨシュアに、発情期を早めたり遅らせたりする薬もあるって聞きました」

「その薬の噂は俺も知っているが、実在はしないらしいぞ」

レイは首を横に振った。

「効能があると適当な薬を売りつける輩《やから》もいるらしいが、実際には意味がないから、もしほしがる神子がいたら諫めてやってくれ。そんなに都合のいいものはない、と言ってな」

「たしかに……本当にあるなら、もっと大勢の人が知っていてもおかしくないですもんね」

セレンはちょっとがっかりした。

(ないなら、ヨシュアの言ってた方法が駄目だと、もう無理になっちゃうな)

「ただ、媚薬は発情期を誘発することがあるらしいな」

「ほ、本当ですか？」

ぱっと顔を上げると、レイが苦笑した。

「といっても、便利な代物ではないんだ。もともと発情期が近い場合に限られるらしい。だが、ファシーは香のせいで、神殿に戻ってから本当に発情していた」

「……昼間に発情したって言ったのは、ファシー様だったんですね」

ずきん、と痛みが走る。最初は嘘でも、本当に発情してしまったなら、レイが相手をしなければならない。せっかく決心したのに遅かったか、とがっかりしてしまったセレンの表情を見てとって、レイはなだめるように髪を撫でた。

「大丈夫だ。俺はファシーを抱かない」

「でも、レイ様は王なんですから、発情した神子を放っておくわけにはいきません」

「無理なんだ」

きっぱりと言われて、またわがままを……と、嬉しいようなせつないような気分になった。だが、レイは「違うぞ」と否定する。

「わがままだと思っているだろう？　でも、生理的に無理だ。念のためさっき確かめたが、ファシーのにおいは苦痛なだけなんだ。昼間はあやしげな香のせいで気分が悪いのかもしれないと思ったんだが、本物の発情香でも駄目だ」

「駄目って……アルファの方にとっては、あのにおいは抗えないものなんですよね？」

「ああ、そうだ。本能的に昂っててつがうように、身体の仕組みができている。だが、どうやら俺は、もうセレンにしか反応できないようだ。嘘でも比喩でもなく、頭痛や吐き気がするんだ。あんな状態では絶対につがえない」

セレンはにわかには信じられずに、首をかしげた。アルファが神子を抱けなくなるなんて、聞いたことがない。

「たまたま、ファシー様だけがいや、ということはないんですか？」

「そっちのほうがありえないと思う。嫌いでも軽蔑していても、反応せざるをえないのがオメガの発情香だからな。おそらく、エクエスやほかの王族に相談しても、理解されないと思う。自分でもさっきまでは信じられなかったが、本当に発情した神子を前にしても苦痛しか感じなくて、それでわかった」

「――」

「こんな思いをしてただ肉体をつなげることが、神の言う『愛を交わす』だとは思えない。俺もつらいが、神子だって、不快だと思われながら抱かれるのはつらいだろう？　だったら俺は、心も肉体も、セレンだけ愛するほうがいい。喜ばない人間がいようと、エクエスがため息をつこうとかまわない。……できればセレンにも、このわがままだけは、許してほしいと思っている」

レイはごく真剣な顔をしていた。

「頼む。おまえだけを、愛させてくれないか」

まっすぐに見つめられて、セレンはしばらく、なにも考えられなかった。レイはまたしても、「愛するのはセレンだけだ」と言い出したのだ。それも、一度譲歩してくれたあとで、セレンの口にできない心を汲んだように。

揺るぎないレイの瞳に見つめられているうちに、ゆっくりと嬉しさが染み出してくる。喜んではいけないような気がするのに、それでもやはり幸福感があった。

セレンはそうっとレイの手を握った。

「僕、レイ様に謝らなくちゃと思っていたんです」

す、とレイの顔が心配そうに曇る。青い目を見上げて、セレンは「ごめんなさい」と言った。

「何度も、ほかの方とつがってくださいってお願いしていましたよね。大勢人がいる前で、レイ様のことをなじったりもしたのに、レイ様がほかの神子を選ぼうと思うって言ったとき、すごくいやだって思ったんです」

「……セレン」

「僕が愛されなくなってしまうんじゃないかと思って、不安でした。砂漠で神子が発情したと聞かされたときは、すごくつらく感じてしまって——レイ様が、僕だけを愛したいって言ってくださって、嬉しいって思ってます。僕は自覚しているよりずっと、欲張りで、いやなやつなんです」

聞いていたレイが、ほっとしたように笑った。

「そういうのはいやなやつじゃなくて、可愛いやつ、というんだ」

そのまま改めて抱きしめようとするのを、セレンはみじろぎだけで拒んだ。

「でも、レイ様が僕しか駄目なら、やっぱり僕が発情しないといけませんよね」

「それは……この前口走ったことなら謝る。無理してどうにかなることじゃないから、忘れてくれ」

眉を下げて心配そうな表情になるレイに、セレンは首を横に振った。

「いいえ。ちょっとくらいは、無理をしてみてもいいと思うんです」

「無理？」

「今から、いちゃいちゃしますね」

「――いちゃいちゃ？」

レイはみるみる怪訝そうになっていく。恥ずかしい、と思いながら、セレンはゆっくりと視線を移動させた。――キスをするなら、どこがいいだろう？

「ヨシュアが、効くって言ってたんです。発情できるって」

「その……いちゃいちゃで、か？」

「あやしいですよね。僕も聞いたときはからかわれたんだと思ったけど、ほかに方法が思いつかないなら、試してみるしかないです。レイ様からはいつもいっぱい、いろいろしていただいているので、僕が頑張っていちゃいちゃを、してみますね」

やっぱり耳かな、と決心して、踵を上げる。レイはよく首筋にキスしたがる。そこから耳へと口づけを移動させ、セレンを夢見心地に誘うのだ。あんなふうにはとてもできないけれど、少しくらいは気持ちよくなってもらえるはずだ。

唇をレイの耳朶に触れさせると、なんともいえないやわらかさだった。ときどきされるように、かぷ、と歯を立ててみる。

(……あ。レイ様のにおい)

嗅ぐと抱きしめられたような錯覚がして、腰とおなかが痺れた。太腿がそわそわと落ち着かなくなり、セレンは息をついて噛むのをやめた。いちゃいちゃするつもりなのに、自分が気持ちよくなってしまうなんて不甲斐ない。

「レイ様、どうですか? 少しは甘い気分に――」

「今日は、セレンの責任だからな」

セレンの言葉を遮って、レイは唸るように言った。かと思うとふわりと足が浮き、肩に抱き上げられて、セレンは慌ててしまった。

「ま、待ってください! 上手にできなかったのはわかってますから、教えていただいたら僕……」

「待てないし、教えない――こともないが、今日は駄目だ」

セレンが身をよじるのをものともせず、レイは寝台へとセレンを運ぶと、上からのしかかってきた。しゅっと音をたてて帯をほどかれ、服をめくり上げられる。見下ろす青い目がいつになく強く輝いていて、セレンは手足から力が抜けるのを感じた。

飢えたような目だ。抱く気なのだと悟って、腹の中から震えが湧き起こった。嬉しい。抱かれたい――けれど。

「まだ、いちゃいちゃできてないです……っあ、待っ、」

「待てない。さっきのキスだけで俺はもう死にそうだ」

レイの指先が、セレンの乳首を引っかく。びぃんと痺れる快感にいっそう力が入らなくなり、セレンは抗えないまま服を脱がされた。レイは胸を覆うように手をあてがい、唇を塞いでくる。

「んぅ……っ、ん……っ」

舌と舌が触れあって、セレンはたまらずに目を閉じた。口の中が熱い。丹念にかきまわされると端から唾液がこぼれて、きゅんと胸が疼いた。

秘めやかな感触が不思議と久しぶりに感じる。キスは何度もしてもらっていたはずなのに、ずっとしていなかったみたいに気持ちがいい。

「……っは、……ぁ、レイ、様」

レイの顔が見たくて、セレンは目を開けた。レイは一瞬も眼差しを逸らしていなかったようにこちらを見つめている。視線を絡めたまま再び舌が差し込まれ、セレンはおずおずと舐め返した。

「っ……ふ、……ぅ、んっ……んっ」

レイの手が胸を撫でてくる。小さく尖った乳首を手のひらで転がすようにされ、生まれる快感で腰が浮いた。触られていない股間まで、いつのまにか湿っぽい熱を帯びている。レイとつながるための孔はせつなく疼いていて、このまま身を委ねてしまいたかった。

それでも、セレンはどうにかレイの肩を押した。

「待って……僕、発情したいんです」

これまでどおりレイに愛され抱いてもらうだけでは、身体は変わらないに違いない。すっかり潤んでしまった目でレイを見上げ、お願いします、と頼む。

「もうちょっとだけ、頑張りますから……」

「そんなに発情したいと思ってくれるのか」

レイは幸せそうに目を細めた。セレンの髪をかき上げ、鼻先にキスしてくれる。

「無理はしなくていい。セレンの気持ちだけでも嬉しい」

「でも僕は、身籠りたいです。男の子が生まれれば、みんな喜んでくれますよね。もちろん、発情できても授かれるかはわからないし、また女の子かもしれないけど……」

「セレンが発情できたら、俺もまた子供はほしいが」

ちゅ、ちゅ、と続けてキスを降らせ、レイは優しく微笑んだ。

「誰がなんと言おうと、俺は初めての子供がエリアナでよかった。俺が願ったとおりに神様が授けてくれたんだと思っている」

「――レイ様、女の子が、よかったんですか？」

身籠ったとき、どちらでも嬉しい、と喜んでくれたことしか、セレンの記憶にはなかった。

レイは懐かしむような顔をした。

「王になりたくなかった俺が、次の王を望むのもおかしい気がしたんだ。結局は子供に、重い立場を押しつけることになる」

とくん、と心臓が揺れた。——レイがそんなふうに考えた上で、女の子を、と望んでいたなんて。

「じゃあ……今も、男の子はほしくありませんか？」

「どちらでもいいな。女の子ならエリアナと揃ったところは夢のように可愛いだろうし、男の子でも、セレンに似て芯の強い子になるはずだ。俺の心配や負い目など無意味で、エクスの息子ともうまくやれる。——そう思えるから、どっちもほしいくらいだ」

唇が触れあいそうな距離まで顔を寄せ、レイは囁いた。

「セレンは？　子を身籠るのも産むのも、育てるのも楽じゃないし、どっちを産んでも皆がうるさい。それでも——俺があと二人ほしい、と言い出しても、発情したいと思ってくれるか？」

ふいに、セレンは泣きたくなった。嬉しいのに、申し訳ないような気持ち。幸せで満ち足りていて、永遠にこのままでいたいような気持ち。

レイの愛はいつでも、セレンが思うより深く、強く、セレンを包み込んでくれる。

（ものわかりのいいふりをして、レイ様にほかの神子を、なんて言わなければよかった。最初

から、発情したいですって言って、痛いのだって我慢すればよかった)

レイに愛されたくないと思っていたわけじゃないのに、どうして拒んでしまったのだろう。遠慮しなくていい相手の顔色を窺って、レイにも寂しい思いをさせて、三年も遠回りをした。

「……もちろん、です。レイ様」

セレンは両手でぎゅっと抱きついた。

「今、どういういちゃいちゃがいいか考えるので、——っ、レイ様、あっ」

頑張ろうとしているのに、レイはしっかりと尻を掴んでくる。孔を開け閉めするように肉が揉みしだかれ、耳には唇が触れた。

「つぁ、……耳、……っ」

「セレンにいちゃいちゃしてもらうのは次の機会にして、今日は俺も、試してみたいことがある」

「ん……レイ、様も?」

吐息が耳にかかって気持ちいい。ぞくぞくしてしまって震えたセレンをそっと離れさせ、レイは太腿を押しひらいた。

「痛むようなら諦めるが、大丈夫そうだ」

「え……?」

「わからないか?　濡れてる」

指で孔を塞がれて、セレンはびくんと仰け反った。弾けるような快感のあとでようやく、そこが濡れているのを自覚する。

「いつから濡れていたんだろうな。ぬるぬるだ」

「ぁ……っ、あ、あッ」

縁をこりこりといじられて、目裏に火花が散る。ほどけてしまった中に浅く指が入り、甘えるように声が出た。

「そこ……っぁ、……あ、きもち……っ」

気持ちよくて、むずがゆくてもどかしい。溶けたように濡れている内襞《うちひだ》を確かめるように、レイはごくゆっくりと指を埋めてくる。

「香油は要らなさそうだな。まだどんどん溢れてくる。痛くないか？」

「っ、た、くない、……です、……っ、ふ、……ぁ、あッ」

最初の、めちゃくちゃに感じてしまうところに指が届いた。押されると抗えず、こぼすように射精してしまうふくらみを、掠めるように撫でられる。

「————っ、……っ」

雷に打たれたような快感に背を反らし、セレンは達した。

（あ……ぁ……、いって、る……）

全身に染み渡る痺れをともなう熱も、久しぶりの感覚だった。ゆるやかに熱が拡散していくのにあわせ、ぼうっとした幸福感が湧き上がってくる。

「すごいな。久しぶりに達したのに、出ないのか」

ため息まじりにレイが言い、左手でセレンの分身に触れた。

「え……？」

達して、放出したように感じたのに、目を向けるとたしかに射精の痕跡はなかった。性器は半端に勃《た》って、わずかに体液だけが垂れている。嘘、と呆然としているうちに、入れられたままだったレイの指が動き出した。

「んっ、待って……っ、まだいって、あ、……ッ」

「セレンのほうが吸い込んでるんだ」

ほとんど抵抗なく根元まで中指が差し込まれ、下から上に、とんとんと刺激してくる。びく、と腹が震えて、セレンはきつく敷布を掴んだ。

「〰〰〰っ！」

ぴしゃぴしゃと、今度は勢いよく溢れた。頭が真っ白になる。精汁とは異なる透明な液体に、レイはほっとしたように微笑んだ。

「よかった。潮を噴けるくらいだ、痛くはないな？」

「……っ、は、い……っ」

かろうじて頷いたものの、波のように押し寄せる快楽は苦しいほどだった。たまらなく気持ちいいのに、同時に身体中がざわめいてもどかしい。指であやされ続けている場所はかたちをなくしたみたいにぐずぐずに感じられ、もっと確かなものを求めて息づいていた。

「レ、イ、さま」

ほしい。貫かれたい。つながって熱をわけあって、奥を満たしてもらいたい。

こんなに抱かれたかったのだ、と驚くくらい、くっきりとした欲だった。眦《まなじり》が涙で濡れて、セレンは喘ぎながらレイを見つめた。

「痛く、ないので……、もう、」

きゅ……と勝手に窄まる孔の動きに、レイの瞳が濃さを増す。葛藤のためか眉根を寄せたレイは、結局、静かに指を抜いた。

「もっと時間をかけるつもりだったのに、ねだられると我慢もできないな」

服を脱ぎ捨てる動作は性急だった。最後の布が床に落ちるより早く、脚を掴まれる。左右に割りひらかれれば窄まりがひくついて、セレンはなすがまま腰を上げた。期待で熱を帯びたセレンの股間に、レイは丁寧に己をあてがう。我慢できない、と言ったくせに何度も馴染ませられ、ようやく先端が孔に当たると、はあっと息がこぼれた。

硬くて熱い塊が、小さな襞を巻き込みながら入ってくる。

「は……ぅ、……つん、ぁ、」

上手に受け入れられるだろうか、という心配はすぐに霧散した。にぶい痛みはあるのに、それさえたまらないのだ。少し押し込まれるだけで頭がかすみ、身体が蕩けていくようだった。

　レイが低く呻き声を漏らした。

「やわらかいな。それに、ずいぶんあたたかい。——痛くないか？」

「ん……っ、だいじょうぶ、です……、っぁ、」

　無条件に達してしまう弱点を、切っ先が掠めていく。ぞくぞくと震えて腰を反らし、セレンはほとんどうっとりして待ち受けた。もうすぐ、奥までレイが来る。つきあたりまで入れられたらそこを突き崩されて、達《い》きっぱなしみたいに気持ちよくされるのだ。

　だが、予想に反して、レイは半端な位置で挿入をとめた。奥壁にはぎりぎり届かないまま、胸に触れてくる。親指でやんわり乳首を潰されて、セレンはせつなくレイを食い締めた。

「っレイさま……、ぁっ、……ん、ぅっ」

「こうして胸をいじると、セレンは中が動くだろう？　俺が動くより、締めたり緩んだりするだけのほうが、痛くない分気持ちいいはずだ」

　レイはあやすように微笑みかけて、両手で胸や腹を愛撫した。

「今日は時間をかけて、セレンを慈しみたいんだ。いつも俺がほしがるばかりで、セレンがどうにかおねだりするのは、発情期に抱いている最中だけだろう？　だから、セレンが気持ちよくなることだけを、してみたい」

　甘やかな瞳に見つめられて、セレンは「でも」と口ごもった。

「僕は、レイ様も一緒に気持ちよくなってくれたほうが……」

「だが、発情したいと言ってくれたじゃないか。ゆっくり、ゆっくり可愛がるから、遠慮しないで感じてくれ」

するりと首筋や頬も撫でて、レイは言った。

「セレンのあのにおいが、俺も恋しいんだ」

そう言われてしまえば、いやだとは言えなくなる。小さく頷くと、レイはゆっくりと——本当にゆっくりと、肌を撫ではじめた。

さらさらとした刺激はたしかに気持ちよく、乳首はそこだけでも快感が強い。こりこりと芯を持った乳首をつままれると、腹の中まで快感が響く。腹に力が入り、レイを締めつけてしまえば、腰がゆらゆらと動いた。

「ふ、ぁっ……ん、……く、ぅ……っ」

じゅわじゅわと少しずつ与えられる快感に目が潤んだ。気持ちよくても、これでは達けない。耐えきれずに大きく腰を振っても、突き抜けるようなあの感覚にはほど遠かった。

「や……レイさ、ま、これ……っ、や、ぁっ」

「感じ足りないか？　だったら、耳も可愛がってやる」

愛おしそうな目をして、レイは身悶《みもだ》えるセレンを見下ろした。いい子だ、と囁きながらわずかだけ結合を深くし、覆いかぶさってくる。みっちりと体内が押し広げられ、視界はちかちかとまたたいた。

「は……っん……っ」

「さっき耳を噛んでくれたからな。お返しだ」

「……っぁ、あっ、あ……ッ」

耳朶に歯が当てられると、一瞬全身に水を浴びたような錯覚がした。不規則に震えが走ってつま先が丸まる。閉じられない口からは唾液がこぼれて、レイが嬉しそうにそこを拭った。

「かるく極めたな。セレンのこの顔——やっと見られた」

そう言うとレイは耳に舌を這わせた。尖らせた舌先が穴をつついて、びくん、とまた身体がくねる。

(だめ。また達っちゃう——)

考えるそばから弾ける感触が駆け抜けた。腰がはしたないほどくねって、たっぷりと透明な汁を撒き散らしてしまう。

「ああ、また潮が出たな。嬉しいよ、セレン」

「う……、や、……っ、これ、もう……っ」

気持ちよくて、抱きあえて嬉しいのに、達しても達ききった感じがしない。粗相するのにも似た潮噴きは、してしまうほど淫靡な熱が腹に溜まるのだ。なんとか少しでも強い刺激を得ようと、意識がレイの指や舌に集中していく。

動いてほしい。あと少しでいいから、深く打ち込んで、揺すってほしい。

「……っ、おく、……っ」

ぴくん、ぴくん、と自分から動いてしまいながら、セレンは気づくと口走っていた。

「奥、きて……っ、レイさま、ぁ……っ」

「セレンは奥も好きだものな。すっかりぐしゅぐしゅになってる」

髪を撫で、耳に口づけしながら、レイはようやく腰を押しつけてくれた。ぬぷ、と沈んでくる太いものに、また弱い絶頂が訪れる。

「あ……っ、ぁ……っ」

「奥も溶けそうだ」

ぬかるんだ襞をねっとりと押し上げ、レイは陶然とした声を出した。かるく引いてまたゆっくりと穿《うが》たれ、そこがひしゃげていくような気がする。知っている感覚だ。ずんずん突いてもらうと意識がばらばらになって、レイはさらに奥まで占領して、精を放ってくれるのだ。

そうなる、はずなのに、レイの先端はキスするように奥をつつくだけだ。

「ッぁ、……っふ、……や、もっと、」

足りない、と思うとせつなくて、泣くような声が出た。

「もっと、強くして……っ」

「痛くなったら困る。今日はゆっくりすると言っただろう?」

「い、いたくな……っ、ぁ、……抜かない、で……っ」

奥まで入れるどころか腰を引かれて、ほろほろと涙がこぼれた。突いて、と口走りながら、セレンは手を伸ばした。

「おく、突いて……っ、レイ様に、なかでいって、ほし……っぁ、——ア、」

レイの首筋にすがった途端、みしりと身体がきしんだ気がした。セレンの中に収まったレイの分身が大きくなったのだ、と気づくのと同時に、ずんと衝撃が襲ってくる。

「ッぁ、……っぁ、あ、ア……ッ」

一息に奥壁の先まで貫かれ、全身、熱い砂を浴びたように燃え上がる。レイはきつく眉をひそめながら、それでも言った。

「苦しくなったら言え。この狭いところもゆっくり抜き差ししてやりたいが——俺も、もう限界だ」

乱れた息遣いのレイの声に、つうっとまた涙が流れる。

「痛いか？　そんなに泣いて……」

「ちが……うれし、……くて、」

レイが持ち上げやすいように、うまく動かない太腿を上げて、セレンは微笑んだ。

「レイさまも、きもちよくなって……いっぱい出して、ください」

「……っ」

呻きを呑み込み、レイががっしりとセレンの脚を抱え上げる。それでも決して乱暴にはせずに、レイは丁寧に引いてから再度貫いてきた。

「……っは、……ぁ、……ッ」

太く張りつめた雁首《かりくび》が、蜜壺のくびれをこじ開けるように出入りする。セレンは力をなくして落ちてしまった手で、どうにか敷布を握りしめた。伸びきった窄まりの襞はとめどなく体液をこぼしていて、レイが動くのにあわせてぐちゅぐちゅと音をたてる。

かき回してもらってる、と実感すると、あっというまに絶頂が訪れた。

「————ッ！」

声もなく仰け反り、痙攣《けいれん》するように震える。レイはさらに数度穿って、深く埋めた位置で動きをとめた。どっと放たれるものを、セレンはうっとりと感じた。

「ぁ、……っふ、……ぁっ……」

レイが子孫を残すために放出する、命の源だ。愛され、その愛がいつまでも続くようにと求められる証。それが身体に染みてくるのは、絶頂よりも深い恍惚《こうこつ》感だった。

まだ重たく質量のあるものが、静かに抜けていこうとする。ふさがれていた場所がぽっかりとあいたようで、セレンは喘いだ。

「ぁ……っ、や、やめな……ぃ、で、」

「……セレン、おまえ」

驚愕《きょうがく》を隠しきれないように、レイが目を見ひらいた。顔を近づけてにおいを嗅ぎ、それから、感嘆のため息をつく。

「信じられない。本当に発情してくれたのか」

まじまじとセレンを見下ろしたレイは、敷布の上の手を取ると指先に口づけた。

「神子というのは不思議な存在だが、なかでもセレンは不思議だ。おまえの心で、身体もこんなにも変わる」

感激して掠れた声だったけれど、セレンはもう、その言葉をきちんと受け取るだけの余裕もなかった。

「おなか……っ、おなか、あつい、」

とろとろと、誘う蜜が流れ出ていく。半ばまで挿入されただけのレイの分身を奥まで迎え入れたくて、腰も内襞もうごめいた。

「レイ、さま……っ、僕、へ、んに……っ、ぁ、……ぁッ」

一度中に出してもらったのに、全然足りない。すがるようにレイを見上げると、彼は愛おしそうに――甘やかな優しさをにじませて目を細めた。

「変じゃない。楽になるまで抱いてやるから、安心していい」

顔を近づけて、耳と鼻先にキスしてくれる。子供にするように頭を撫でて、レイは囁いた。

「セレンは真実、俺の運命のつがいだな。俺が愛を貫くと決めたら応えてくれるんだ」

「ぁ……レイさま……っ」

「寄り添って、重なって、俺を満たしてくれるおまえに、出会えてよかった」

せつないように声が震えただけでなく、レイの目は潤んでいるようにも見えた。セレンは考えるより先に、ただレイを抱きしめる。

(レイ様。僕はずっとそばにいます)

何度となく思ってきたことが、より強く鮮やかに刻み込まれていくようだった。そばにいる。レイと並んで、同じものを見て、愛しあうために、きっと自分は生まれてきたのだ。

どちらからともなく重ねた唇はちょうど同じ温度で、夢中で舌を絡めれば、レイが再び腰を打ちつけてくる。本能的な快楽が頭からつま先まで貫いて、それでも離れがたい気がして、セレンは手をほどかなかった。

きっと、レイも同じ気持ちだったのだろう。抱きあった不自由な体勢のまま腰を使われて、セレンは追い上げられていきながら、かつてないほど敬虔《けいけん》な悦びに満たされていた。


五日後の夜。

空には一の月が現れず、二の月だけが青白い光を振りまくなか、セレンはレイとエリアナと一緒に祈りの間に入った。

セレンが発情してしまったため、一行はイリュシアにとどまっていた。今朝になってようやくおさまり、出発は明後日と決まったばかりだった。

その出発を前に、レイは「見せたいものがある」とセレンを祈りの間に誘ったのだ。

踏み入れてすぐ、セレンはいつもと様子が違うことに気づいた。火が灯されているのにほの暗いのだ。見渡すと、蝋燭が柱の上部にだけ灯されているのが見えた。

「あんなところに――」

火を灯せるんですね、と言おうとして、セレンは息を呑んだ。

近くに火があるせいで、天井全体が炎のゆらめきにあわせてゆらゆらと動いて見える。宴の間と同じく、白一色の天井だ。彫刻だけがほどこされているのも同じようだが、神聖な十六角形と草花の模様の中に、くっきりと文字が浮かび上がっていた。

「あれは……お祈りの、言葉ですね」

目を離せずに呟くと、隣で見上げたレイが「ああ」と頷いた。

「神官にだけ伝わる特殊な技術らしい」

「――初めて見ました」

陰影を描いた祈りの文字は、神子たちが唱える祈りに強弱がついているのに似て、炎でゆらめくたびに濃くなったり薄れたりする。蠢《うごめ》いて流れていくようにも見え、幻想的な眺めだった。

まばたきもできないほど、美しい。

「美しいよな」

エリアナをしっかりと抱き寄せながら、レイが呟く。

「セレンが天井の話をしたあとで、俺も初めて興味を持って調べてみたんだ。神殿の宴の間と祈りの間は特別な彫刻の天井で、神の夜にだけ、祈りの間にはこうして火を灯すらしい。今日は特別だと、テアーズに許してもらった」

「同じ彫刻なのに、宴の間のほうは、天井近くに灯りはつけないんでしょうか」

この前の宴のときだって、こうして火が灯されていれば、この不思議な光景を目にして、美しいと思えただろう。

「綺麗なのに、もったいないです」

「しきたりに関する記録には、祈りの間のことしか書かれていないんだ。もしかしたらずっと昔には宴の間でもこういう火の灯し方をしたのかもしれないし、アルファとオメガが出会う神聖な場所だから、彫刻だけは同じにしたのかもしれない。でも俺は、宴の間では敢えて模様を明らかにしていないんじゃないかと思う」

セレンは天井からレイの横顔へと視線を戻して首をかしげた。

「綺麗で貴重なものなのに、わざと隠しておくってことですか？」

「ああ。隠された美しさ、尊さに気づくようにという教訓だ、とも考えられるだろう？」

レイはそう言うと、ゆらめき続ける光と影に目を細めた。

「まるで愛のようだ、と思ったんだ。見えないけれど、そこにある。誰も気づかなかったとしても、その美しさが損なわれるわけじゃない」

「――本当、そのとおりですね」

じぃんと目が熱くなった。人が気づかないからといって、それは存在しない、ということではないのだ。ぱっと見ただけで取るに足りないと軽蔑されても、特別なものは特別で、その価値は変わらない。

「宴の間の天井は、レイ様みたいですね」

誰もが気づかなくてもたしかにある気高さや美しさ、といえばレイのことだ。

「僕、最初に宴の間で天井を見たときはがっかりしてしまったんです。思ったより全然綺麗じゃないなって――でも、こんなに素敵なんですね」

微笑むと、レイはこちらを見て首を横に振った。

「俺じゃなくて、セレンみたいだろう。静かで秘めやかで、それでいて尊く美しいんだから」

「……尊く美しいは言いすぎだと思います」

「言いすぎなものか。外見だけじゃなく、奥ゆかしくて心が美しいセレンにはぴったりだ」

「絶対、褒めすぎです」

セレンはもう一度天井を見た。やわらかい陰影と、歪んで薄れてはまた浮かび上がる祈りの言葉たち。見つめていると、自然と口がひらいた。

「……でも、ありがとうございます。僕が美しいとしたら、レイ様が見つけてくださったからだと思います」

出会わなければどうなっていただろう、とセレンは思う。いまだにこの神殿で、息をひそめるようにして働いていたか、行き場をなくしてさまよっていたか。異国にまで流れ着いていたかもしれないし、死んでいたかもしれない。セレンが生まれつき特別な存在だったとしても、レイがそうと見出《みいだ》してくれなければ、誰もセレンを見ようとさえしなかっただろう。

「では俺は、あの蝋燭の役をつとめている、というわけだな」

レイがいたずらっぽく笑う。そうして、ゆっくりとエリアナの頭を撫でた。

「きっと、そのうちみんなが気づく。時間はかかるかもしれないが、今はまだ蝋燭の火が灯されたばかりで、天井を見上げていない者も多いんだと思えば——待つのも、大事だよな」

半分は己に言い聞かせるかのようだった。

「幸いセレンも発情してくれたし、ヘレオもいなくなる。王都に戻れば、前よりよくなっているはずだ」

「そうですね。僕も、もうちょっとだけ自信を持とうと思います。エリアナのことをどんなふうに評価されても、申し訳なく思ったりしなくていいんですよね。それがどれくらい素敵なことか、僕とレイ様と、エリアナがわかっていればいいんですから」

もちろん、人に認めてもらえれば嬉しい。悪く言われたり反対されればつらくて悲しいけれど、セレンが大切だと思う尊さが、減ったりなくなったりはしないのだ。

エリアナの頭を撫でると、彼女はじいっと見上げてくる。いつになく真剣な表情は、大人たちの言葉を理解して、聞き逃すまいとしているかのようだった。

(エリアナが大人になったとき、今夜のことを覚えていてくれるかな)

冷たい部屋の記憶や、毒を盛られて熱を出した記憶ではなく、静かで幸福な時間を覚えていてほしい、とセレンは願う。どんな大人になるにせよ、忘れないでほしい。自分は愛されているということ。特別なこと。大切にしてくれる人がいるということ。

「僕、レイ様のおかげで自分のことを好きになれたけど、この神殿のことも好きになりました」

「一緒に来た甲斐があったな」

レイはセレンの背中を抱き寄せてくれた。真ん中にエリアナを挟んで、セレンは彼を見つめる。

発情の名残のように、ふわふわと身体があたたかい。レイはそっと顔を近づけてきて、セレンは自分からも唇を寄せた。

翌日、普段神子たちが集まって踊りの練習や勉強をする広間には、ほぼ全員が揃っていた。神子と神官たちだけでなく、ヨシュアとナイード、サヴァン、ダニエル、ジョウアまでが、神妙な顔で前に立つテアーズを見つめている。セレンはエリアナの手を引いて、椅子に座ったレイに寄り添っていた。

「それではご報告申し上げます。近頃イリュシア周辺で目撃されていた、珍しい現象についてです」

ヘレオが、でっちあげの神託の裏づけとして挙げていた現象だ。もう一度よく調べろ、とテアーズに命じたレイは、報告はすべての神子と神官、および王の一行、セレンを助けるために奔走した者の代表としてジョウアにも伝えるように、と指示したのだった。

皆が揃って聞けば、質問したい者は尋ねられるし、不満や疑問があればそれも言える。ヘレオのように恨みをつのらせる者が出ないよう、なるべく大勢で事実と知識を共有したい——と言ったレイに、テアーズは逆らわなかった。

「目撃された事象のほとんどが西の方角だったため、そちらに神官を派遣した結果、はるか昔枯れて使われなくなっていた西のオアシスで、また泉が湧き出していることが確認されました」

神官たちがざわついて顔を見合わせる。レイが静かに続きを促した。

「それで？」

「――同じく、先日のセレン様への襲撃での証言をもとに、南の岩場の洞窟も調べて、以前はなかった泉を確認いたしました。時期は不明ですが、最近湧き出したものと思われます。したがって、目撃されていた鳥や獣は、これらの水を求めて移動していただけでしょう」

テアーズは一度言葉を切ると、ちらりと後ろを振り返った。

「つまり、吉兆でも凶兆でもありませんでした。ヘレオに限らず、ああした珍しい事象を吉だ凶だと騒ぐ者もいますが、なにが起きたかを精査すれば、このようにただの、ごくありふれた出来事だということがわかります。無用に騒ぎたてるのは愚か者か、悪人のすることです」

厳しい言葉に、神官と神子が数人顔を伏せた。セレンはエリアナを見下ろした。

「……でもテアーズ様、地震はどうなのですか？」

「地震はたしかに恐ろしく感じますが、記録にも何度か記載があります。遠い異国では地が割れたり、海が襲ってくることもあるとか。ですが、この数日間で神官が行ける範囲で調べた限りでは、確認できた変化は洞窟の新しい泉と、オアシスの復活だけです。地震とは関係があるかないかは、断言ができません。――強いて言うなら」

テアーズは再度神官たちを眺め、無表情にセレンに視線を戻した。

「神からの警告だった、と考えることは、できるかもしれません。ヘレオに対して、企《たくら》みごとなどいい結果にならないと伝えてくださったか、あるいは危険が迫っていることを、陛下や王妃に伝えたか、です」

「たしかに……そんなふうにも、考えられますね」

落ち着きを通り越して冷淡にも感じるテアーズの口調は、こういうとき説得力がある。彼はぐっと背筋を伸ばすと、長い髪を払いのけた。

「神託や吉兆のしるしというのは、とても繊細で難しいものなのです。神がなさることが、人間にも意図が容易にわかることばかりなわけがありません。誤って受け取らないよう慎重に考えるべきで、いちいち吉兆を騒ぎ立て、大袈裟にして不安や期待を煽るのは、神官のすべきことではない」

さらに数人の神官が身を縮めた。ヘレオに加担した神官は、神の庭ではひとりだけだったそうだが、初めて見る現象で動揺した者は多かったのだろう。

「よく気を配って観察し、正確に記録し、丁寧に考察して後世に残す。神の愛である神子と人間を結ぶだけでなく、そうした地味な積み重ねも神官の義務です」

「神官は、難しい仕事なんですね」

下働きをしていたときは、神官の仕事というのがよくわからなかった。だが、彼らの残してきた記録が膨大で貴重なものなのだ、と知ると、常に誇り高く振る舞うのは矜持《きょうじ》があるからなのだ、と思えた。

「神子は神官になることも多いから、王宮の神子殿でも神官の方を先生にして、いろいろ学べるといいんですけど」

儀礼的に頭を下げ

半ば独り言のように呟くと、レイが頷いた。

「そうだな。一度減らしてしまったが、また人数を戻そう」

テアーズはひどく複雑そうな顔をしたが、口に出してはなにも言わずに、儀礼的に頭を下げた。かわりに、神子がひとり、進み出てきた。

「そんなことを言って、罪滅ぼしのつもりですか」

大勢の前だというのにセレンを睨んだのは、ファシーだった。

「おまえたちもテアーズ様の報告を聞くように、なんて言って集められたかと思えば、ものわかりのいいふりをした王妃をありがたがらせるためなんですね。自分が王を独占して、王宮にいるほかの神子を無用な存在にしたから、勉強くらいはさせて機嫌を取るつもり？」

刺々《とげとげ》しい態度は自棄になったかのようだ。ファシー、とテアーズが厳しくたしなめた。

「おまえがしたことも罪なのですよ。ヘレオの目的を知らず、王族の役に立ちたいと焦ったがゆえに発情したと偽ったことは、本来ならば許されません」

レイが手を上げてテアーズを制した。

「不満も口にできるようにと、集まってもらったんだ。叱らなくていい」

「……そうやって寛大なふりをされるのもいやです。神子をないがしろにしているくせに」

ファシーはレイのことも睨みつける。

「発情したのに相手をしてやれなかったことは詫びる」

「謝っただけですませようとするのだって、いやです。結局、セレンしかいらないって言ってるのと同じじゃないですか」

「諦めてくれ。セレンは俺の運命のつがいなんだ」

さらりと言い返したレイは、かたわらに立ったセレンを見上げて微笑みかけた。ファシーはかあっと顔を赤くした。

「そんなの、庶民のくだらない噂でしょう。綺麗事を言って愛される人は幸せでも、ほかの神子は不幸せです。せっかく神子に生まれたのに、最初からいらないって言われるなんて——僕たちが、どんなにみじめか……っ」

震えて、ファシーが顔を背ける。見ているセレンまでが悲しくなるような、心細げな姿だった。誰にも必要とされていない、と感じるのがどれだけ孤独かは、セレンもよく知っていた。

(僕が気持ちはわかりますって言っても、ファシー様は喜ばないと思うけど……)

セレンはエリアナをそっとレイのほうに押しやった。気づいたレイがエリアナを抱き寄せるのを確認して、ファシーに歩み寄る。

「僕は、ファシー様がいらない存在だなんて思いません。ファシー様だけじゃなくて、ここにいる神子も、ここにいない神子も、たぶんとても大切な存在なんだと思います」

「——たぶんって、なに？　ひどい言い方しないで」

「ひどく聞こえたなら謝ります。でも、神子に限らず、人って、いつ誰とどんなふうに出会って、それが特別な関係に育つかわかりませんよね」

セレンは端のほうでひっそりとナイードと並んだヨシュアを見る。後ろのほうで居心地悪そうにしているジョウアを、じっと見守っているダニエルを、いつでも強気な目をしているサヴァンを順に見て、不満と怒りをいっぱいにたたえたファシーと見つめあう。

「出会った瞬間に運命だと思う恋もあるでしょうけど、何年もあとに振り返って、あそこでこの人と出会ったからすべてが変わったんだ、とわかることもあると思うんです。だから、一見無駄に見えたり、不必要に思えたり、ほかに方法がないから仕方なく選んだだけでも、明日には特別なことが起こるかもしれません」

広い空間の中は、しんと静まり返っていた。セレンの声だけが響く。

「だから、迷いながらでも、王宮に行こうと決めた方は、きっとそうする運命なんだと思うんです。その先に、なにかがあるから、王宮に行くことを選ぶ。行かないことを選んだ人には、そっちに運命が待っているから。どちらを選んでもいいけど、選んだ先で後悔しないように、できることはなんでもやってみたほうがいいんじゃないかなと思って——それで、神官様に教えてもらうのもいいかもしれないって思ったんです」

言葉を切っても、ファシーは不満げに顔をしかめたままだった。むしろさっきより、泣き出しそうにさえ見える。

「全然上手に伝えられなくてすみません。ファシー様が王宮に来たいと思うなら、歓迎しますって言いたかったんです。だって、ファシー様が王宮に来たら、エクエス様の息子さんと素敵な関係になるかもしれないですよね？」

とうとう、ファシーは視線を逸らした。苛立たしげな仕草で腕を組む。

「生まれたばっかりの王子となんて、つがえるわけないだろう。とっくにオメガじゃなくなってる」

「でも、アルファと神子じゃなくたって恋はできるし、恋じゃないけど唯一無二の存在になるかもしれないじゃないですか」

「……っ」

顔をさらに赤くして、ファシーが黙り込んだ。大丈夫ですよ、と伝えたかったのがうまくいかなかったようでセレンはがっかりしたが、レイから「セレン」と声がかかる。

「おいで。我が妃に敬意を表して、口づけたいから」

「……レイ様、大事なお話の途中ですよ」

発情中どころか、今朝もあんなにいっぱいしたのに、と唇を尖らせたくなりながら、セレンはファシーに目礼して戻った。レイに寄り添うと、レイは手を取って甲に口づけしてくる。それから、一同を見渡した。

「見てのとおり、セレンは唯一無二の、俺の伴侶だ。明日、王都に向けて出発する。行くのをやめてもいいし、予定どおり向かってもいい。今夜までに決めて、テアーズに伝えてくれ」

誰も来てくれないかも、とセレンは思ったが、神子たちはいっせいに、深く頭を下げた。顔を上げたときには不思議と皆晴れやかな表情で、セレンはなんだかどきっとした。

(みんな、僕を見てる……？　怒ってはいないみたいだけど)

なにか言ったほうがいいのかな、と戸惑ったが、レイは立ち上がるとセレンの肩を抱いた。広間を辞すまで神官や神子は動かなくて、セレンは庭に面した廊下に出てから後ろを振り返った。

「僕、よけいなことを言ったでしょうか……」

「いや？　神子たちは嬉しそうだったじゃないか」

レイはひどく機嫌がよさそうだった。ちゅ、と髪に口づけてきて、誇らしいぞ、などと言う。

「セレンは自慢の妃だ」

「――レイ様が喜んでくれたなら、よかったです」

セレンもつられて微笑んで、エリアナの手を握り直した。もしファシーたちが予定どおり王宮に来てくれたら、もっとゆっくり時間を取って話してみよう。

と、エリアナが空を指差した。

「とりしゃん！」

「鳥？」

見上げると、待っていたように影が降りてくる。ぴいっと鳴いてすぐ近くにとまったのは鷹だった。

「アンゲロス、まだいたのか。一緒に帰ってくれるのか？」

レイが嬉しそうに声をかける。ぴっ、と返事をしたアンゲロスは、けれどじいっとエリアナを見つめて、かるく翼を広げた。エリアナがにこおっ、と笑った。

「とりしゃん、こんにちはっ。エリー、すき」

ぴぃぴぃ、と普段より高い声でアンゲロスが鳴く。木の枝から降りるとエリアナの足元に来て、首をかしげて見上げた。まるで、こんにちは、と挨拶を返すかのような仕草だった。エリアナが手を伸ばしても逃げることなく、頭を撫でられて気持ちよさそうにする。

「そうか。おまえは俺じゃなくて、エリアナの友達になるんだな」

半分嬉しそうに、半分は寂しそうにレイが目を細める。セレンは笑って首を横に振った。

「ずっとレイ様の友達だから、友達の娘とも仲良くしてくれるんですよ、きっと」

「——そうだな。うっかりやきもちを焼きかけてしまった」

苦笑したレイを励ますように、アンゲロスが羽ばたいてレイの肩に乗る。ここなら大丈夫だろう、と言いたげな顔でレイの目を見るアンゲロスに、エリアナが「あー」と両手をあげた。

「とりしゃん！　なでなでーっ」

「わかったわかった。抱っこしてやる。アンゲロス、しばらくそこにいて、娘の相手をしてくれ」

抱き上げられたエリアナは近くでアンゲロスを見られてご機嫌だ。二人とも可愛い、と思いながら、セレンはそっと手を下腹にあてた。

発情期間中、何度レイと愛しあっただろう。独特の微熱が引いても、身体の奥にはまだ火種があるように感じる。ほのかにあたたかいそれはゆっくりと明滅するようで、もしかしたら、と予感がした。

（もしかしたら——家族が増えるかも）

どっちかな、と思うとわくわくする。男の子か、女の子か。

どちらでも、生まれてきてくれたら今よりも幸せなんだ、と思えて、セレンはそうっとおなかを撫でた。

あとがき

こんにちは、または初めまして。葵居《あおい》と申します。今回は『青の王と花ひらくオメガ』の続編ということで、セレンとレイのその後を書かせていただきました。

たくさん好きな要素をつめ込んだ、思い入れのある世界とキャラクターだったので、また書く機会をいただけて本当に楽しかったです。前作から数年経ち、王と妃になって子宝に恵まれた二人ですが、環境的に悩みも多そうだと思ったので、今回の展開になりました。

でもひとつ、これだけは変わらない、と思えたのが、レイとセレンがお互いを愛して大切にしていることです。特にレイは結ばれるまでに自分がしたことを反省しているので（笑）、好きな気持ちはしっかりと持っているはず！

そこからお話の流れを手探りしていき、四苦八苦しながらも、最終的には神殿の天井や、出したかったキャラや生き物も書くことができたかなと思っています。ヨシュアやダニエル、ジョウアなど周囲の人たちにも幸せになってもらいたくて、ひとりずつ「こんな日々を経て今はこんなふうに考えていて……」と追いかけていくのも楽しかったです。アンゲロスはなにが幸せか悩んだのですが、やっぱりそばにいてもらいたくてあんなかたちになりました。

新しいキャラも、可愛い子は可愛く、いやなやつは思いきりいやなやつに、前作では悪役だったあの人やあの人はちょっとだけ印象が変わるような感じにしたつもりです。心残りは、エクエスの赤ちゃんに名前をつけてあげられなかったことです。考えてあったのに……！

一番変化があったのはセレンでしょうか。愛するレイや家族、大切な友達に囲まれて、この先もセレンはたくさんの喜怒哀楽を味わっていくのだと思います。皆様にも、いっそうセレンたちを好きになっていただけていたら嬉しいです。

嬉しい、といえば、イラストは引き続き笹原亜美《ささはらあみ》先生にご担当いただきました。大好きな笹原先生の絵がまた自分の本で見られて幸せです。執筆中も前巻を眺めながら、今回はどんなふうになるかなとわくわくしていました。カバーも口絵も本文も、甘やかに美しく仕上げていただいていてうっとりです。笹原先生、お忙しい中本当にありがとうございました！

校正者様、書店様、制作流通の方々など、本書に関わってくださった皆様にも、この場を借りてお礼申し上げます。また、丁寧に読んで的確なご指摘をくださる褒め上手な担当様、いつもありがとうございます！

作品を手に取って読んでくださった皆様も、ありがとうございました。今回もネット上でおまけSSを公開予定ですので、ブログやSNSをチェックしてみてくださいね。少しでも気に入っていただけて、幸せな気持ちで本を閉じていただけますように。

願わくは、次の本でもお目にかかれれば幸いです。

二〇二四年二月　葵居ゆゆ

カクテルキス文庫

好評発売中！！

共鳴するまま、見つめて愛されて

葵居ゆゆ

Illustration: 北沢きょう

きみがおれのパーフェクト・ハーフだ

Sub であるせいでまともな人生を送ってこなかった羨。ようやく雇ってもらえた家事代行サービスの派遣先で、完璧なライオンの頭を持つライハーンに会う。頭まで獣の形というのは、Dom の中でも優位な証。圧倒的な Dom のグレアに偶然あてられてしまって…。手酷く抱かれた経験しかない羨は、ライハーンから与えられるあまりに甘く熱い奉仕に戸惑うばかり。「これからも、きみに尽くしてかまわない？」愛したがりな金獅子 CEO は、愛を知らない Sub に尽くす。極上の甘やかしラブ。

定価：本体 760 円＋税

Cocktail Kiss Label

カクテルキス文庫をお買い上げいただきありがとうございます。
先生方へのファンレター、ご感想は
カクテルキス文庫編集部へお送りください。

〒102-0073　東京都千代田区九段北3-2-5 5F
株式会社Jパブリッシング　カクテルキス文庫編集部
「葵居ゆゆ先生」係 ／「笹原亜美先生」係

◆カクテルキス文庫HP◆ https://www.j-publishing.co.jp/cocktailkiss/

青の王と深愛のオメガ妃

2024年2月29日　初版発行

著　者　葵居ゆゆ
©Yuyu Aoi

発行人　藤居幸嗣

発行所　株式会社Jパブリッシング
〒102-0073　東京都千代田区九段北3-2-5 5F
TEL　03-3288-7907
FAX　03-3288-7880

印刷所　中央精版印刷株式会社

ISBN978-4-86669-645-4　Printed in JAPAN